CATALOGUE

GLOSSOLOGIQUE

DES

ARBRES, ARBUSTES,

PLANTES VIVACES ET ANNUELLES,

CULTIVÉES OU CROISSANT NATURELLEMENT

Aux Domaines privés du Roi

(Neuilly , Le Raincy et Monceaux);

RANGÉES SUIVANT LE SYSTÈME SEXUEL DE LINNÉE.

PAR

A. A. JACQUES,

Jardinier en chef, Membre fondateur des Sociétés d'Horticulture
et d'Agronomie pratique de Paris ; Correspondant de celles d'Agri-
culture de Seine-et-Oise et d'Horticulture de Lille.

—◦●◦—

Paris.

HIARD, RUE SAINT-JACQUES, N. 131.

1833.

LISTE

DE QUELQUES–UNS DE NOS PRINCIPAUX CORRESPONDANS.

MM.

AUDIBERT (frères), pépiniéristes à Tonelle, près Tarascon.

BAUMANN, pépiniériste, à Balvilliers, Haut-Rhin.
BOURSAULT, propriétaire amateur, rue Blanche, 19, Paris.
BOUCAULT, au Jardin botanique, à Orléans.

CACHET, fleuriste, à Angers.
CELS, pépiniériste, barrière du Maine, à Paris.
CAMALDOLI (le comte de), à Naples.

DESFOSCÉ (veuve Courtin), à Orléans.
DESPORTES, amateur, au Mans.
DUSAULGET (Grisart), amateur, à Ligny.
DUVAL, fleuriste, à Versailles.

GENISCET (fils), propriétaire amateur, à Aigueperse.
GODEFROY, propriétaire pépiniériste, à Vildavray.

KOENIG et OHL, propriétaires pépiniéristes, à Colmar.

LAFEY, cultivateur de roses, à Auteuil.
LAUBENT MICHELLE, propriétaire amateur, à Marseille.
LEMON, propriétaire fleuriste, à Belleville.
LECANDELLE, propriétaire amateur, à Bruxelles.
LEROY (veuve et fils), pépiniéristes, à Angers.
LEBRETON, pépiniériste, à Angers.
LEFÈVRE, pépiniériste, à Mortfontaine.
LEVACHER (veuve et fils), pépiniéristes, à Orléans.
LOHT, propriétaire fleuriste, rue Fontaine-au-Roi, à Paris.

MARGAT (aîné), propriétaire pépiniériste, à Versailles.
MARGAT (jeune), propriétaire pépiniériste, à Versailles.

NOISETTE (Louis), propriétaire pépiniériste, amateur, à Paris.

MM.

NOEL (Ferdinand), jardinier au Jardin botanique de la marine, à Brest.

PARMENTIER (Louis), propriétaire amateur, à Enghien.
PELTIER, jardinier fleuriste, à l'Ile-de-France.

RICHARD, jardinier en chef, Jardin botanique, île Bourbon.
ROBERT, directeur du Jardin de la marine, à Toulon.

SPEICER, jardinier en chef, à Clermont-Ferrand.
SOULANGE BODIN (le chevalier), à Fromont à Ris.

TENORE (le chevalier), professeur de botanique, à Naples.
TRONÇON GOMBAULT, propriétaire pépiniériste, à Orléans.

VIBERT, propriétaire cultivateur de roses, à Saint-Denis.

BERTIN, propriétaire pépiniériste, à Versailles.
DELAHAYE, propriétaire pépiniériste, à Versailles.
MAULVAUX, propriétaire pépiniériste, à Versailles.

BRIET, horticulteur, à Guéret, Creuse.

OBSERVATION.

Non seulement ce petit Catalogue peut servir dans les domaines du Roi que je viens de citer, mais encore dans tous les autres domaines, puisque le numéro d'ordre est le même pour tous, et qu'il n'est pas indispensable que tous les numéros soient employés. Il peut donc de même servir aux amateurs qui voudraient l'employer, ainsi qu'à tous ceux qui désireraient mettre de l'ordre dans leurs jardins, et reconnaître facilement les objets qu'ils possèdent dans le règne végétal.

CATALOGUE

GLOSSOLOGIQUE.

CLASSE I. MONANDRIE.

ORD. I. MONOGYNIE.

—

CANNA.

1. Indica.
2. Coccinea.
3. Lutea.
4. Crocata.
5. Gigantea.
6. Brasiliana.
7. Glauca.
8. Flaccida.
9. Nepaulensis.
10. Discolor.
11. Edulis.
11. A. Pedicellata.
11. B. Pedonculata.

AMOMUM.

12. Zingiber.
13. Zerumbet.

EDICHIUM.

14. Coronarium.
14. A. C... Variegatum.
15. Angustifolium.

MANTISIA.

16. Saltatoria.

MARANTA.

17. Arundinacea.
18. Zebrena.
19. Discolor.

GLOBBA.

20. Nutans.

CURCUMA.

21. Longa.

THALIA.

22. Dealbata.

HELLENIA.

23. Cœrulea.

LOPEZIA.

24. Racemosa.

SALICORNIA.

25. Fructicosa.

HIPPURIS.

26. Vulgaris.

ORD. II. DIGYNIE.

—

CALLITRICHE.

27. Aquatica.

BLITUM.

28. Capitatum.
29. Virgatum.

CINNA.

30. Arundinacea.

CLASSE II. DIANDRIE.

ORD. I. MONOGYNIE.

—

JASMINUM.

31. Sambac.
32. Undulatum.
33. Glaucum.
34. Geniculatum.
35. Pubescens.

1

36. Azoricum.
37. Fruticens.
37. A... Variegatum.
38. Humile.
39. Odoratissimum.
40. Revolutum.
41. Officinale.
42. Grandiflorum.
43. Scandens.
44. Diversifolium varieg.
45. Offi... Variegatum.

NYCTANTHES.

46. Arbortristis.

LIGUSTRUM.

47. Vulgare.
48. V... fructu albo.
48. A. V... F... Viride.
49. Japonicum.
50. Nepaulense.

PHYLLYREA.

51. Latifolia.
52. Media.
53. Angustifolia.

OLEA.

54. Europæa.
55. Undulata.
56. Fragrans.
57. Emarginata.
58. Americana.
59. Glandulifera.

ORNUS.

60. Europæa.
60. A. E... Aurea.
61. Americana.
62. Rotundifolia.

CHIONANTHUS.

63. Virginicus.
64. Maritima.

SYRINGA.

65. Vulgaris.
66. V... Alba.
67. V... Variegata.
68. Chinensis.
69. C... Saugé.
70. Media.
71. Persica.
72. P... Alba.
73. P... Laciniata.

FONTANESIA.

74. Phyllyreoïdes.

VERONICA.

75. Incana.
76. Spicata.
77. Maritima.
78. Spuria.
79. Elatior.
80. Gentianoïdes.
81. Pallida.
82. Decussata.
83. Fruticulosa.
84. Elegans.
84. A. Glabra.
84. B. G... Variegata.
85. Anagalis.
86. Scutellata.
87. Teucrium.
88. Chamœdris.
88. A. C... Variegata.
89. Officinalis.
90. Serpillifolia.
91. Agrestis.
92. Arvensis.
93. Hederæfolia.
94. Triphyllos.
95. Acinifolia.
96. Buxbaumii.
97. Virginiana.

UTRICULARIA.

98. Vulgaris.

CALCEOLARIA.

99. Pinnata.
100. Salviæfolia.
100. A. S.... angustifolia.
100. B. Herbertiana.
100. C. Arachnoïdea.
100. D. Plantaginea.
100. E. Corymbosa.

JUSTITIA.

101. Adathoda.
102. Coccinea.
103. Picta.
104. Infundibuliformis.
105. Bicolor.
106. Quadrifida.
107. Flavicoma.
108. Martinicensis.
109. Maculata.

LYCOPUS.

110. Europæus.
111. Exaltatus.
111. A. Virginicus.
112. Uniflorus.

MONARDA.

113. Didyma.
114. Fistulosa.
115. Violacea.
116. Kalmiana.
117. Punctata.
118. Oblongata.

ROSMARINUS.

119. Officinalis.
120. Officinalis variegata.

SALVIA.

121. Officinalis.
122. Officinalis tricolor.
123. Officinalis variegata.

124. Officinalis tenuior.
125. Cretica.
126. Grandiflora.
127. Chamedrioïdes.
128. Aurea.
129. Canariensis.
130. Mexicana.
131. Formosa.
132. Coccinea.
133. Pseudococcinea.
134. Involucrata.
135. Splendens.
136. Glutinosa.
137. Pratensis.
138. Sclarea.
139. Indica.
140. Bicolor.
141. Sylvestris.
142. Napifolia.
143. Truncata.
144. Interrupta.
144. Polymorpha.

COLLINSONIA.

145. Canadensis.
145. A. Anisata.

ORD. II. DIGYNIE.
—

ANTHOXANTUM.

146. Odoratum.

ORD. III. TRIGYNIE.
—

PIPER.

147. Medium.
148. Aduncum.
149. Celtidifolium.
150. Nigrum.

PEPEROMIA.

151. Inæqualifolia.
152. Amplexicaulis.
153. Cuneifolia.

154. Blanda.
155. Incana.
156. Quadrifolia.
157. Puchella.

CLASSE III. TRIANDRIE.

ORD. I. MONOGYNIE.

—

BOERHAVIA.

158. Scandens.

CENTRENTHUS.

159. Ruber.
159. A, R... Alba.
160. Angustifolius.

VALERIANA.

161. Dioïca.
162. Officinalis.
163. Sambucifolia.
164. Phu.
165. Montana.
166. Pyrenaïca.

FEDIA.

167. Olitoria.
168. Dentata.
169. Coronata.
170. Eriocarpa.
171. Sibirica.

CNEORUM.

172. Tricoccum.

CROCUS.

173. Vernus.
174. Susianus.
175. Luteus.
176. Sativus.
177. Odorus.

GALAXIA.

178. Ixiæflora.

ARISTEA.

179. Cyanea.
180. Major.

WITZENIA.

181. Corymbosa.

ANTHOLISA.

182. Æthiopica.
183. Cunonia.

WATSONIA.

184. Iridifolia.
185. Rosea.
185. A.

GLADIOLUS.

186. Communis.
186. A. C... fl. albo.
187. Bizantinus.
188. Tristis.
189. Concolor.
190. Plicatus.
191. Cuspidatus.
192. Tubatus.
193. Junceus.
194. Merianus.
195. Xantospilus.
196. Lineatus.
197. Hirsutus.
198.

IXIA.

199. Polystachia.
200. Bulbocodium.
201. Crocata.
202. C... Vitrea.
203. Grandiflora.
204. Aristata.
205. Bulbifera.
206. Maculata.
207. Longiflora.
208. Scillaris.

209. Miniata.
209. A.

MOREA.

210. Iridioïdes.
211. Edulis.
212. Fugax.
213. Sinensis.

SISYRINCHIUM.

214. Bermudianum.
215. Gramineum.
216. Laxum.
217. Convolutum.
218. Tenuifolium.
219. Striatum.

TIGRIDIA.

220. Pavonia.
221. Conchiflora.

FERRARIA.

222. Undulata.

IRIS.

223. Pumila.
223. A. P... Var.
224. Lutescens.
225. Sambucina.
226. Fimbriata.
227. Germanica.
227. A. G... Violacea.
228. Pallida.
229. Xiphium.
230. Xiphyoïdes.
231. Pseudo Acorus.
232. Fœtida.
233. F... Variegata.
234. Virginica.
235. Persica.
236. Scarpioïdes.
237. Ochroleuca.
238. Graminea.
239. Spuria.
240. Tuberosa.

241. Desertorum.
242. Flavissima.
242. A. Stenogyna.
243. Monnieri.
244. Triflora.
244. A. Fusca.
245. Sibirica.
246. Versicolor.
247. Swertii.
247. A. Florentina.
248. Martinicensis.
248. A. Maritima.
248. B. Variegata.
248. C. Belgica.
248. D. Alophylla.
248. E. Plicata.

MARICA.

249. Cœrulea.

WACHENDORFIA.

250. Paniculata.
251. Hirsuta.

COMMELINA.

252. Tuberosa.
253. Africana.
253. A. Virginica.

SCHOENUS.

254. Nigricans.
254. A. Compressus.

RENEALMIA.

255. Paniculata.

PATERSONIA.

256. Glabrata.

CYPERUS.

257. Flavescens.
258. Fuscus.
259. Esculentus.
260. Longus.
261. Alternifolius.
262. Asperifolius.

263. Dives.
264. Papyrus.

SCIRPUS.

265. Palustris.
266. Multicaulis.
267. Acicularis.
268. Caricis.
269. Lacustris.
270. Holoschænus.
271. Maritimus.

LYGEUM.

272. Spartum.

SESLERIA.

273. Cærulea.

LIMNETIS.

274. Pungens.

ORD. II. DIGYNIE.

—

MILIUM.

275. Effusum.

AGROSTIS.

276. Spica Venti.
277. Interrupta.
278. Vulgaris.

CALAMAGROSTIS.

279. Colorata.
280. C... Picta.

STURMIA.

281. Verna.

AIRA.

282. Cæpitosa.
283. Flexuosa.
284. Precox.
285. Caryophillea.
286. Cærulea.
287. C... Variegata.

MELICA.

288. Altissima.

289. Uniflora.

HOLCUS.

290. Mollis.
291. Lanatus.

PHALARIS.

292. Canariensis.
293. Phleoïdes.

PHLEUM.

294. Pratense.

ALOPECURUS.

295. Pratensis.
296. Agrestis.
297. Geniculatus.

PANICUM.

298. Crusgalli.
299. Miliaceum.

LUDOLPHIA.

300. Glaucescens.

SETARIA.

301. Verticillata.
302. Viride.
303. Italicum.

DIGITARIA.

304. Sanguinalis.

CYNODON.

305. Dactylon.

LAPPAGO.

306. Racemosa.

CYNOSURUS.

307. Cristatus.

DACTYLIS.

308. Glomerata.

POA.

309. Aquatica.
310. Bulbosa.
311. Crispa.

312. Nemoralis.
313. Annua.
314. Compressa.
315. Megastachia.
316. Scabra.
317. Pratensis.

BRIZA.

318. Media.

UNIOLA.

319. Latifolia.

FESTUCA.

320. Aspera.
321. Ovina.
322. Glauca.
323. Heterophylla.
324. Myurus.

BROMUS.

325. Secalinus.
326. Mollis.
327. Arvensis.
328. Pratensis.
329. Tectorum.
330. Gracilis.
331. Pinnatus.

TRISETUM.

332. Pratense.

AVENA.

333. Sativa.
334. Nuda.
335. Orientalis.
336. Fatua.
337. Elatior.
338. Bulbosa.
339. Fragilis.

SORGHUM.

340. Vulgare.
341. Saccharatum.

ARUNDO.

342. Donax.

343. D... Variegata.

SACCHARUM.

344. Officinale.
345. O. Violaceum.
346. Teneriffæ.

HORDEUM.

347. Vulgare.
348. Hexastichon.
349. Distichon.
350. Murinum.
351. Secalinum.

ANDROPOGON.

352. Nardus.

SECALE.

353. Cereale.

TRITICUM.

354. Hybernum.
355. Æstivum.
356. Monococcum.
357. Repens.

LOLIUM.

358. Perenne.
359. Tenue.
360. Temulentum.

ORD. III. TRIGYNIE.

HOLOSTEUM.

361. Umbellatum.

QUERIA.

362. Canadensis.

CL. IV. TÉTRANDRIE.

ORD. I. MONOGYNIE.

PROTEA.

363. Conocarpa.
364. Conifera.
365. Pallens.

366. Argentea.
367. Saligna.
368. Pinifolia.
369. Torta.
370. Obliqua.
371. Strobilina.
372. Passerina.
373. Speciosa.
374. Ciliata.
375. Triterata.
376.

BANKSIA.

377. Dentata.
378. Præmorsa.
379. Verticillata.

HAKEA.

380. Saligna.
381. Ceratophylla.
382. Suaveolens.
383. Illicifolia.
384. Acicularis.
385. A.
385. B.

LAMBASTIA.

386. Formosa.

GREVILLEA.

387. Cericea.
388. Rosmarinifolia.

LOMATIA.

389. Silaïfolia.
390. Longifolia.

PERSOONIA.

391. Linearis.

GLOBULARIA.

392. Longifolia.
393. Vulgaris.
394. Nudicaulis.

CEPHALANTHUS.

395. Occidentalis.

DIPSACUS.

396. Fullonum.
400. Sylvestris.
401. Laciniatus.
402. Ferox.

SCABIOSA.

403. Alpina.
404. Transylvanica.
405. Suscissa.
406. Centauroïdes.
407. Arvensis.
408. Rutæfolia.
409. Atropurpurea.
410. Graminifolia.
411. Caucasica.
412. Africana.
413. Australis.

ASPERULA.

414. Odorata.
415. Arvensis.

HOUSTONIA.

416. Coccinea.

GALIUM.

417. Palustre.
418. Spurium.
419. Verum.
420. Mollugo.
421. Asparine.

VALANTIA.

422. Cruciata.

RUBIA.

423. Tinctoria.

CRUCIANELLA.

424. Maritima.

SIPHONANTHUS.

425. Indica.

IXORA.

426. Coccinea.
427. Alba.

MITCHELLA.

428. Repens.

COCCOCYPSILUM.

429. Violaceum.

CALLICARPA.

430. Americana.
431. Cana.

NAGIBEA.

432. Alba?

BUDLEJA.

433. Globosa.
434. Salvifolia.
435. Salicifolia.
436. Glaberrima.
437. Madagascariensis.
438. Diversifolia.

ZIERIA.

439. Trifoliata.

LINNEA.

440. Borealis.

EXACUM.

441. Viscosum.

PLANTAGO.

442. Cucullata.
443. Major.
444. Media.
445. Lanceolata.
446. Coronopus.

SPIELMANNIA.

447. Africana.

SANGUISORBA.

448. Officinalis.

CISSUS.

449. Acida.

450. Orientalis.
451. Quinquefolia.
451. A. Hirsuta.
452. Quinata.
453. Antartica
454.

EPIMEDIUM.

455. Alpinum.

CORNUS.

456. Canadensis.
457. Florida.
458. Mascula.
459. M... Flava.
460. Sanguinea.
461. S... Variegata.
462. Alba.
463. A... Variegata.
464. Sibirica.
465. Circinnata.
466. Sericea.
467. Stricta.
468. Paniculata.
469. Alternifolia.

FAGARA.

470. Pterota.
471. Tragodes?

PTELEA.

472. Trifoliata.

POTHOS.

473. Crassinervia.
474. Maxima.
475. Lanceolata.
476. Aoaulis.
477. Platinevron.
478. Cordata.
479. Suaveolens.
480. Violacea.
481. Digitata.
482. Cannæfolia?
482. A. Cartilaginea.

2

482. B. Articulata (nob.)

CURTISIA.

483. Faginea.

CLORANTHUS.

484. Inconspicuus.

ELÆAGNUS.

485. Angustifolius.
486. A... Latifolius.
487. Acuminata.

RIVINA.

488. Humilis.
489. Levis.

ALCHEMILLA.

490. Vulgaris.
491. Alpina.
492. Hybrida.

ORDRE II. DIGYNIE.

—

APHANES.

493. Arvensis.

HAMAMELIS.

494. Virginiana.

HYPECOUM.

495. Procumbens.

ORD. III. TÉTRAGYNIE.

—

ILEX.

496. Aquifolium.
497 A... Ferox.
498. A... F... Aurea.Var.
500. A... F... Albo. Var.
501. A... Aurea. Var.
502. A... Albo. Var.
503. A... Marginata. Aurea.
504. A... M... Alba.
505. A... Serratum.
506. A... Crassifolium.
507. Balearica.

508. Madericusis.
509. Crocea.
509. A. Capensis.
510. Cassine.
511. Opaca.
512. Vomitoria.
513. Canadensis.
514. Æstivalis.
515. Salicifolia.
516.

POTAMOGETON.

517. Perfoliatum.
518. Lucens.
519. Pectinatum.
520. Oppositifolium.

SAGINA.

521. Procumbens.

MUNCHIA.

522. Glauca.

RADIOLA.

523. Millegrana.

TILLÆA.

524. Muscosa.

CL. V. PENTANDRIE.

ORD. I. MONOGYNIE.

HELIOTROPIUM.

525. Peruvianum.
526. Grandiflorum.
527. Indicum.
528. Europæum.
529. Currassavicum.

MYOSOTIS.

530. Scorpioïdes.
531. Arvensis.

LITHOSPERMUM.

532. Officinale.

533. Purpurocœruleum.
534. Arvense.

ANCHUSA.
535. Italica.

CYNOGLOSSUM.
536. Officinale.
537. Linifolium.
538. Appeninum.
539. Omphalodes.

PULMONARIA.
540. Vulgaris.
541. Virginica.

SYMPHYTUM.
542. Officinale.
543. Asperimum.
544. Tauricum.

CERINTHE.
545. Major.

BORRAGO.
546. Officinale.
547. Orientalis.

LYCOPSIS.
548. Arvensis.

ECHIUM.
549 Vulgare.
550. Candicans.
551. Strictum.
552. Cynoglossoïdes.

MESSERSCHMIDIA.
553. Fruticosa.

TOURNEFORTIA.
553. A. Mutabilis.

CORDIA.
554. Sebestena.
554. A. Mixa.
555. Macrophylla.

EHRETIA.
556. Tinifolia.

HYDROPHYLLUM.
555. Magellanicum.
558. Canadense.

NOLANA.
559. Prostrata.
560. Paradoxa.

PRIMULA.
561. Elatior.
562. E.— Duplex.
563. E.— Acaulis.
564. E.— Luteo Duplex.
565. E.— Albo. Pleno.
566. E.—Purp. Pleno.
567. A. E.— Roseo Pleno.
567. Officinalis.
567. A. Columna.
568. Auricula.
569. A.— Lutea Plena.
569. A. A.—... Plena.
570. Palinuri.
571. Marginata.
572. Farinosa.
573. Viscosa.
573. A. V.— Alba.
574. Integrifolia.
575. Villosa.
576. Cortusoïdes.
577. Prænitens.
578. P.—Alba.
578. A. Longiflora.

SOLDANELLA.
579. Alpina.

DODECATHEON.
580. Meadia.
580. A. Integrifolia.

CYCLAMEN.
581. Europæum.

582. Persicum.
583. Hederæfolium.
583. A. Neapolitanum.
583. B. Precox.

MENIGANTHES.

584. Trifoliata.

VILLARSIA.

585. Nymphoïdes.
586. Ovata.

HOTTONIA.

587. Palustris.

SMOLUS.

588. Valerandi.

LYSIMACHIA.

589. Vulgaris.
590. Ephemerum.
591. Thyrsiflora.
592. Caucasica?
593. Verticillata.
594. Numullaria.

ANAGALIS.

595. Arvensis.
596. Cœrulea.
597. Monelli.
598. Fructicosa

EPACRIS.

599. Longiflora.

STYPHELIA.

600. Gnidium.

BOLEODOTRIS.

601. Lanceolata.

CYRILLA.

602. Racemiflora.

ITEA.

03. Racemosa.

PLUMBAGO.

604. Scandens.

605. Rosea.
606. Capensis.

MIRABILIS.

607. Jalapa.
608. Longiflora.
609. Hybrida.

CONVOLVULUS.

610. Arvensis.
611. Sepium.
612. Balatas.
613. Canariensis.
614. Siculus.
615. Cneorum.
616. Oleæfolius.
617. Tricolor.
618. Jalapa.

IPOMEA.

619. Quamoclit.
620. Coccinea.
621. Hederacea.
622. Purpurea.
623. Splendens.
623. A. Bonanox.
623. B.

COBÆA.

624. Scandens.

POLEMONIUM.

625. Cœruleum.
626. C... Flore Albo.
627. Reptans.
628. Mexicanum.
628. A.

PHLOX.

629. Suaveolens.
630. S... Fol. Variegata.
631. Pyramidalis.
632. Glaberrima.
633. Paniculata.
634. P... Alba.

634. A. P... Variegata.
634. B. P... Fol. Maculata.
635. Nivea.
636. Acuminata.
637. Maculata.
638. Suffruticosa.
639. S... Altissima.
640. Gracilis.
641. Amœna.
642. Divaricata.
642. A. Canadensis.
643. Ovata.
644. Reptans.
645. Subulata.
646. Cetacea.
647. Candida.
647. A. Triflora.
647. B. Macrophylla.
647. C. Acutiflora.
647. D. Mutabilis.
647. E.

CANTUA.

648. Ligustrifolia.
648. A. Coronopifolia.

BONPLANDIA.

649. Geminiflora.

CAMPANULA.

650. Grandiflora.
651. Rotundifolia.
652. Carpatica.
653. Rapunculus.
654. Persicifolia.
655. P... Alba Duplex.
656. P... Cœrulea Duplex.
657. Pyramidalis.
658. P... Fl. Albo.
659. P... Fl. Bicolor.
660. Stylosa.
661. Acuminata.
662. Latifolia.
663. Rapunculoïdes.

664. Trachelium.
665. T... Var. Alba Duplex.
666. T... Var. Cœrulea Duplex.
667. Medium.
668. M... Fl. Albo.
669. M... Fl. Pleno.
670. Aurea.
671. Lactiflora.
672. Sibirica.
673. Speculum.
674. Hybrida.
674. A. Falcata.
675. Perfoliata.
675. A. Repens.

PHYTEUMA.

676. Spicata.
677. Canescens.
677. A. Virgata.

TRACHELIUM.

678. Cœruleum.

GOODENIA.

679. Ovata.
680. Calendulacea.
681. Lævigata.

CINCHONA.

682. Floribunda.

PINCKNEÏA.

683. Pubens.

GENIPA.

684. Americana.

GARDENIA.

685. Florida.
686. F. Fl. Pleno.
687. Radicans.
688. Thumbergia.

OXIANTHUS.

689. Speciosus.

BURCHELIA.

690. Bubalina.

3

DUHAMELIA.
691. Patens.

VANGUIERA.
692. Edulis.

SERISSA.
692. A. Fœtida.
692. B. F. Fl. Pleno.

COFFEA.
693. Arabica.

AZALEA.
694. Nudiflora.
695. N... Var. Alba.
696. N... Var. Coccinea.
697. Viscosa.
698. V... Glauca.
699. V... Fl. Pleno.
700. Pontica.
701. Indica.
702. Phœnicea.
703. Liliiflora.
703. A. Sinensis.

LONICERA.
704. Caprifolium.
705. Periclimenum.
706. P... Quercifolium.
707. Parviflora.
708. Sempervirens.
709. S... Angustifolia.
710. Balearica.
711. Flava.
712. Japonica.
713. Flexuosa.
714. Pubescens.
715. Biflora.
716. Tartarica.
717. Nigra.
718. Xilosteum.
719. Alpigena.
720. Pyrenaïca.
721. Cœrulea.

722. Altaïca.
723. Iberica.
723. A.

SYMPHORICARPOS.
724. Parviflora.
725. Racemosa.

DIERVILLA.
726. Lutea.

TRIOSTEUM.
727. Perfoliatum.

VERBASCUM.
728. Thapsus.
729. Lychnitis.
730. Nigrum.
731. Phœniceum.
732. Blattaria.
733. Viscidulum.
734 Blattari. Fl. Albo.
735. Pyramidatum.

DATURA.
735. Stramonium.
737. Tatula.
738. Fastuosa.
739. Metel.
740. Hybrida.
741. Ceratocaula.

BURGMANSIA.
742. Candida.

HYOCYAMUS.
743. Niger.
744. Physaloïdes.
745. Aureus.

NICOTIANA.
746. Tabacum.
747. Fruticosa.
748. Rustica.
749. Paniculata.
750. Langdorffii.
751. Undulata.
752. Plumbaginifolia.

753. Quadrivalvis.
753. A. Multivalvis.

PETUNIA.
754. Nictaginiflora.

ATROPA.
756. Mandragora.
757. Solanacea.
758. Arborescens.
759. Frutescens.

NICANDRE.
760. Physaloïdes.

PHYSALIS.
761. Somnifera.
762. Alkekengi.
763. Barbadensis.
764. Fœtens.

SOLANUM.
765. Grandiflorum.
766. Ovigenum.
767. Esculentum.
768. Pseudocapsicum.
769. Dulcamara.
770. Betaceum.
771. Bonariense.
772. Nigrum.
773. Quercifolum.
774. Radicans.
775. Tuberosum.
775. A. Laciniatum.
776. Pubigenum.
776. A. Reclinatum.
777. Argenteum.
778 Aculeatissimum.
779. Marginatum.
780. Tomentosum.
781. Fontanesianum.
782. Pyracantha.
783. Maroniense.
784. Brasiliense.

NYCTERIUM.
786. Sarmentosum.

LYCOPERSICUM.
787. Esculentum.
788. Cerasiforme.

CAPSICUM.
789. Annuum.
790. Grossum.
791. Baccatum.
792.

CESTRUM.
793. Laurifolium.
794. Macrophyllum.
795. Vespertinum.
796. Parqui.
797. Diurnum.
798. Salicifolium.

LYCIUM.
799. Barbarum.
300. Lanceolatum.
801. Chinense.
802. Americanum.
802. A.

ARDISIA.
803. Excelsa.
804. Crenulata.
805. Solanacea.

MYRSINE.
806. Africana.
806. A. Capitellata.

LEEA.
807. Macrophylla.
808. Sambucina.

JACQUINIA.
809. Aurantiaca.
810. Armillaris.

IMBRICARIA.
811. Latifolia.

ESCALLONIA.
812. Floribunda?
812. A. Viscosa.

ACHRAS.

813. Sapota.

CHRYSOPHYLLUM.

814. Cainito.
815. Argenteum.
816. Macrophyllum.

BUMELIA.

817. Lycioides.
818. Tenax.
819. Reclinata.

SIDEROXILUM.

820. Melanophleum.
821. Atrovirens.

RHAMNUS.

822. Catarticus.
823. Infectorius.
824. Theesans.
825. Lycyoïdes.
826. Saxatilis.
827. Frangula.
828. Latifolius.
829. Colubrinus.
830. Hybridus.
831. Alpinus.
832. Alnifolius.
833. Pumilus.
834. Glandulosus.
835. Alaternus.
836. A.—Albo Var.
837. A.—Aureo Var.
838. A.—Angustifolius.
839. A.—Rotundifolius.

ZIZIPHUS.

840. Volubilis.
841. Sativus.
842. Spina-Christi.
843. Nepaulensis.

PALIURUS.

844. Aculeatus.

ELÆODENDRUM.

845. Orientale.

CELASTRUS.

846. Scandens.
847. Octogonus ?
848. Lucidus.

EVONYMUS.

849. Europœus.
850. E.—Fructu Albo.
851. E.—Fol. Var.
852. Verrucosus.
853. Atropurpureus.
854. Latifolius.
855. Americanus.
856. Angustifolius.
857. Hamiltonianus.
858. Sinensis.
858. A. Japonica ?

HOVENIA.

859. Dulcis.

CEANOTHUS.

860. Americanus.
660. A. Microphyllus.
860. B. Ovatus Fl. Cœruleo.
861. Africanus.
861. A. Azureus.

PHYLICA.

862. Ericoïdes.
863. Rosmarinifolia.

BRUNIA.

864. Lanuginosa.

DIOSMA.

865. Ericoïdes.
866. Ciliata.
867. Scoparia.
868. Umbellata.

GOUANIA.

869. Integrifolia.

PITTOSPORUM.

870. Undulatum.
871. Crispum.
872. Coriaceum.
873. Revolutum.
874. Tobira.
874. A. Undulata Variegata.

BILLARDIERA.

875. Scandens.
896.

TODDALIA.

877. Nitida.

LASIOPETALUM.

878. Ferrugineum.
879. Purpureum.

RIBES.

880. Rubrum.
881. R.—Album.
882. R.—Roseum.
883. R.—Variegatum.
884. Petræum.
885. Prostratum.
886. Alpinum.
887. Nigrum.
888. Pensylvanicum.
889. Aureum.
890. Flavum.
891. Orientale.
892. Diacantha.
893. Grossularia.
894. Uva Crispa.
895. Cynosbati.
896. Declinatum.
897. Nigrum Variegatum.
897. A. Triflorum.
897. B. Saxatilis.

HEDERA.

898. Helix.
899. Hybernica.

900. Helix Variegata.

VITIS.

901. Vinifera.
902. Sylvestris.
903. Alexanderi.
904. Laciniosa.
905. Labrusca.
906. Vulpina.
907. Riparia.
908. Cordifolia.

CLAYTONIA.

909. Perfoliata.
909. A. Augustifolia.

VIOLA.

910. Pedata.
911. Palmata.
911. A. P.—Variegata.
912. Hirta.
913. Palustris.
914. Odorata.
915. O.—Alba.
916. O.——Duplex.
917. O.—Rosea Duplex.
918. O.—Cinerea.—
919. O.—Bicolor.
920. O.—Cœrulea Duplex.
921. Canina.
922. Arenaria.
923. Primulifolia.
924. Cucullata.
925. Arvensis.
926. Tricolor.
927. Grandiflora.
928. Lutea.
929. Altaïca.
930. Sudetica.
931. Rothomagensis.
931. A. Reniformis.

IONIDIUM.

932. Polygalæfolium.

IMPATIENS.

933. Balsamina.
934. Nolitangere.
935. Pallida.
935. A. Parviflora.

GOMPHRENA.

936. Globosa.
937. G.—Alba.
938. G.—Rosea.
938. A. G.—Variegata.

ACHIRANTHES.

938. B. Fructicosa.

DESMOCHETA.

939. Atropurpurea.

CELOSIA.

940. Cristata.
941. Coccinea.

HELICONIA.

942. Humilis?
943. Psittacorum.
943. A.

STRELITZIA.

944. Reginæ.
945. Ovata.

ARDUINA.

946. Bispinosa.

CERBERA.

947. Manghas.
948. Thevetia.
949. Fruticosa.

OCHROSIA.

950. Borbonica.

ALLAMANDA.

951. Cathartica.
952. Verticillata.

GELSEMINUM.

953. Sempervirens.

VINCA.

954. Herbacea.
955. Minor.
956. M.—Alba.
957. M.—Plena Purpur.
957. A. M.—P.—Cœrulea.
958. M.—Variegata.
959. Major.
960. M.—Subalba.
961. Rosea.
962. R.—Alba.

STROPANTHUS.

963. Dichotomus.

PLUMIERA.

964. Rubra.
965. Alba.
965. Flava.

CAMERARIA.

967. Latifolia.

TABERNEMONTANA.

968. Coronaria.

NERIUM.

969. Oleander.
970. O.—Atropurpureum.
971. O.—Fl. Albo.
972. O.—F.——Pleno.
973. O.—Carneum.
974. O.—Aurantiacum.
975. O.—Fol. Variegato.
976. O.—Fol. Maculatum.
977. Splendens.
978. S.—Fol. Variegato.
979. Odorum.
980. O.—Fl. Pleno.
981. O.—Fl. Albo.
981. A. Splendens Ragonot.
981. B. Oleander Grandiflorum.

981. C. Ricciardianum.
981. D. O.—Rubrum.
981. E. O.—Albo Carneo.
981. F. O.—Elegans.
981. G. O.—Incarnatum.
981. H. O.—Undulatipetalum.
981. I. O.—Fl. Kermes.
981. J. O.—Splendidissimum.
981. K. O.—Striatum Plenum.
981. L. O.—Fl. Variegato.
981· M. O.—Spectabile.
981. N. O. Album Niveum.
981. O. O.—Pomponium.
981. P. O.—Lacteolum.
981. Q. O.—Versicolor.
981. R. O.—Cardinale.
981. S. O.—Multiflorum.
981. T. O.—Pumilum.

AMSONIA.
982. Latifolia.

ECHITES.
983. Trichotoma.
983. A. Tuberosa?

BEAUMONTIA.
984. Grandiflora.

PERIPLOCA.
985. Græca.
986. Angustifolia.

CYNANCHUM.
987. Erectum.
988. Mauritianum.

ASCLEPIAS.
989. Vincætoxicum.
990. Nigra.
991. Gigantea.
992. Syriaca.
993. Amœna.
994. Incarnata.
995. Currassavica.
996. Arborescens.

997. Fruticosa.
998. Mexicana.

APOCYNUM.
999. Androsœmifolium.

HOYA.
1000. Carnosa.

STAPELIA.
1001. Hirsuta.
1002. Grandiflora.
1003. Variegata.
1004. Venusta.
1005. Cœspitosa.
1005. A. Asterias.

SPIGLIA.
1006. Marilaudica.

CHIRONIA.
1007. Linoïdes.
1008. Frutescens.
1008. A. Grandiflora.

ERYTHRÆA.
1009. Viscosa.
1010. Centaurium.
1011. Ramosissima.

ORDRE II. DIGYNIE.
—

GENTIANA.
1012. Lutea.
1013. Asclepiadea.
1014. Acaulis.
1015. Pneumonanthe.
1016. Cruciata.

FALKIA.
1017. Repens.

CUSCUTA.
1018. Europœa.

HEUCHERA.
1019. Americana.

1020. Villosa.
1021. Macrophylla.

ULMUS.

1022. Campestris.
1023. C. — Glabra.
1024. C. — Fol. Variegata.
1025. C. — Latifolia.
1026. C. — Pyramidalis.
1027. C. — Intricata.
1028. C. — Exoniensis.
1029 Suberosa.
1030. Effusa.
1030. A. E. — Incisa.
1031. Rubra.
1032. Americana.
1033. Crispa.
1034. Chinensis.

PLANERA.

1035. Aquatica.
1036. Richardi.

CELTIS.

1037. Australis.
1038. Occidentalis.
1039. Tournefortii.
1040. Cordata.
1041. Mississipiensis.
1042. Sinensis.

HERNIARIA.

1043. Glabra.
1044. Hirsuta.

ATRIPLEX.

1045. Halimus.
1046. Hortensis.
1047. H — Rubra.
1048. Patula.
1049. Angustifolia.
1050. Crispa.
1051. Portulacoïdes.
1052. Littoralis.

CHENOPODIUM.

1053. Murale.
1054. Album.
1055. Hybridum.
1056. Ambrosioïdes.
1057. Glaucum.
1058. Rubrum.
1059. Vulvaria.
1060. Polispermum.
1061. Scoparium.
1062. Fœtidum.

BETA.

1063. Vulgaris.
1064. Cicla.

SALSOLA.

1065. Fruticosa.
1065. A. Brevifolia.
1065. B. Vermiculata.

ANREDERA.

1066. Spicata.

BOSEA.

1067. Yervamora.

PHYLLIS.

1068. Nobla.

PANAX.

1069. Aculeatum.
1070. Arborescens.

ERYNGIUM.

1071. Campestre.
1072. Maritimum.
1073. Corniculatum.
1074. Planum.
1075. Aquaticum.
1076. Pusillum.
1077. Asperifolium.

HYDROCOTYLE.

1078. Asiatica.
1078. A. Bonariense.

SANICULA.

1079. Europœa.

PETAGNA.

1079. A. Saniculæfolium.

ASTRANTIA.

1080. Major.
1081. Minor.
1082. Caucasica.
1083. Epipactis.
1083. A.

BUPLEVRUM.

1084. Rotundifolium.
1085. Falcatum.
1086. Fruticosum.
1087. Spinosum.
1088. Coriaceum.

CAUCALIS.

1089. Latifolia.
1090. Daucoïdes.
1091. Anthriscus.

DAUCUS.

1092. Carotta.
1093. C. — Sativa.
1094. Maritimus.

BUNIUM.

1095. Bulbo castanum.

CONIUM.

1096. Maculatum.

SELINUM.

1097. Chabœï.
1098. Decipiens.

PEUCEDANUM.

1099. Parisiense.

CHRITMUM.

1100. Maritimum.

FERULA.

1101. Communis.

1102. Ferulago.

LASERPITIUM.

1103. Triquetrum

HERACLEUM.

1104. Spondilium.
1105. Amplifolium.
1105. A.

LIGUSTICUM.

1106. Lœvisticum.

ANGELICA.

1107. Arcangelica.
1108. Sylvestris.

SIUM.

1109. Sisarum.

BUBON.

1110. Macedonicum.
1111. Galbanum.

OENANTHE.

1112. Fistulosa.
1113. Penccdanifolia.

PHELLANDRIUM.

1114. Aquaticum.

ÆTUSA.

1115. Cynapium.

CORIANDRUM.

1116. Sativum.

MYRRHIS.

1117. Odorata.

SCANDIX.

1118. Pectens.

ANTHRISCUS.

1119. Vulgaris.

CHEROPHYLLUM.

1120. Sativum.
1121. Temulum.
1121. A. Sylvestre.

4

PASTINACA.

1122. Sativa.
1123. Arvensis.

ANETHUM.

1124. Graveolens.
1125. Fœniculum.
1126. Dulce.
1127. Piperatum.

PIMPINELLA.

1128. Saxifraga.
1129. Dioïca.

APIUM.

1130. Petroselinum.
1131. P.— Crispum.
1132. P.— Augustifolium.
1133. Farctophyllum.
1134. Graveolens.

ÆGOPODIUM.

1135. Podagraria.

DIDISCUS.

1135. A. Cœruleus.

ORDRE III. TRIGYNIE.

RUUS.

1136. Coriaria.
1137. Thyphinum.
1138. Glabrum,
1139. Elegans.
1140. Vernix.
1141. Copallinum.
1142. Vernicifera.
1143. Radicans.
1144. Aromaticum.
1145. Suaveolens.
1146. Cuneïfolium.
1147. Viminale.
1148. Lævigatum.
1149. Undulatum.
1150. Cotinus.
1150. A.

ORBIGNIA

1151. Trifoliata.

VIBURNUM.

1152. Tinus.
1153. Lucidum.
1154. Rugosum.
1155. Nudum.
1156. Prunifolium.
1157. Pyrifolium.
1158. Dentatum.
1159. Lantana.
1160. L. — Variegata.
1161. Opulus.
1162. O. — Variegata.
1163. O. — Sterylis.
1164. Lantago.
1165. Cassinoïdes.
1166. Edule.
1166. A. Oxicoccos.
1167. Acuminatum.
1168. Molle.
1169. Fragrans.
1169. A. Opulus minimus.
1170. Crispum.
1171. Punicifolium.
1172. Acerifolium.

SAMBUCUS.

1173. Ebulus.
1174. Nigra.
1175. N. — Laciniata.
1176. N. — Alba variegata.
1177. N. — Aurea variegata.
1178. N. — Monstruosa.
1179. N. — Augustifolia.
1180. N. — Virens.
1181. Alba.
1182. Canadensis.
1183. Pubescens.
1183. A. Racemosa.
1184. Rotundifolia.

STAPHYLLEA.

1185. Pinnata.
1186. Trifoliata.

TAMARIX.

1187. Gallica.
1188. Germanica.
1189. Africana.
1189. A. Indica.

TURNERA.

1190. Ulmifolia.
1191. Cistoïdes.

CORRIGIOLA.

1192. Littoralis.

ALSINE.

1193. Media.
1194. Apetala.

BASELLA.

1195. Rubra.
1196. Ramosa.
1197. Alba.

ORDRE IV. TETRAGYNIE.

PARNASIA.

1198. Palustris.

ORDRE V. PENTAGYNIE.

ARALIA.

1199. Spinosa.
1200. Capitata.
1201. Racemosa.
1202. Nudicaulis.
1203. Digitata.

STATICE.

1204. Maritima.
1205. Arenaria.
1206. Curvifolia.
1207. Limonium.
1208. Tartarica

1209. Oleæfolia.
1210. Monopetala.
1211. Sinuata.
1212. Mucronata.

LINUM.

1213. Usitatissimum.
1214. Perenne.
1215. Tenuifolium.
1216. Maritimum.
1217. Catharticum.
1218. Quadrifolium.
1219. Trigynum.

CRASSULA.

1220. Perfoliata.
1221. Tetragona.
1222. Imbricata.
1223. Obvallata.
1224. Portulacea.
1225. Arborescens.
1226. Spathulata.
1227. Perfoliata.
1228. Lactea.
1229. Acutifolia.
1230. Rubens.
1231. Orbicularis.
1232. Cordata.
1232. A.

LAROCHEA.

1233. Falcata.
1234. Coccinea.
1235. Odoratissima.
1235. A. Hybrida.

ORDRE VI. POLIGYNIE.

MYOSURUS.

1236. Minimus.

ZANTHORHIZA.

1237. Apiifolia.

CLASSE V. HEXANDRIE.

ORDRE I. MONOGYNIE.
—

MUSA.
1238. Paradisiaca.
1239. P. — Violacea.
1240. P. — Discolor.
1241. Rosacea.
1242. Coccinea.

URANIA.
1243. Speciosa.
1243. A.

BROMELIA.
1244. Ananas.
1244. A. A. — Variegata.
1244. B. A. — Semiserrata.
1245. Karatas.
1245. A. Pyramidalis.
1245. B. Paniculata.

PITCAIRNIA.
1246. Angustifolia.
1247. Latifolia.
1248. Staminea.
1249. Albiflos.
1250. Integrifolia.

TILLANDSIA.
1251. Amœna.
1251. A. Acaulis.

ANIGOSANTHOS.
1251. Flavescens.

TRADESCANTIA.
1253. Virginica.
1254. V. — Albida.
1255. Odorata.
1256. Rosea.
1257. Discolor.
1258. Fuscata.

1259. Crassifolia.
1260. Brasiliana.

DICHORISANDRIA.
1261. Thyrsiflora.

PONTEDERIA.
1262. Cordata.

HÆMANTHUS.
1263. Coccineus.
1264. Puniceus.
1265. Pubescens.
1266.

GALANTHUS.
1267. Nivalis.
1268. N. — Fl. Pleno.

LEUCOÏUM.
1269. Æstivum.
1769. A. Vernum.

NARCISSUS.
1270. Poeticus.
1271. P. — Fl. Pleno.
1272. Pseudonarcissus.
1273. P. — Fl. Pleno.
1274. Bicolor.
1275. B. — Fl. Pleno.
1276. Minor.
1277. Odorus.
1278. Tazetta.
1279. Niveus.
1280. Serotinus.
1281. Radiatus.
1282. Neglectus.
1283. Jonquilla.
1284. J. — Fl. Pleno.

PANCRATIUM.
1285. Caribœum.
1286. Distichum.
1287. Speciosum.
1288. Mexicanum.

1289. Amboïnense.
1290. Illiricum.
1291. Maritimum.
1291. A.

CRINUM.

1292. Americanum.
1293. Erubescens.
1294. Mauritianum.
1295. Latifolium.
1296. Careyanum.
1297. Commelini.
1298. Taïtense.
1299. Cruentum.
1299. A. Amabile.

AGAPANTHUS.

1300. Umbellatus.
1301. U.—Variegatus.

CYRTANTHUS.

1302. Obliquus.
1303. Odorus.
1304. Augustifolius.

STERNBERGIA.

1305. Lutea.

ZEPHYRANTHES.

1306. Candida.
1307. Rosea.
1308. Atamasco.
1308. A. Chloroleuca.

AMARYLIS.

1309. Formosissima.
1310. Reginæ.
1311. Ambigua.
1312. Rutila.
1313. Rutila Joncksoni.
1314. Belladona.
1315. Blanda.
1316. Vittata.
1317. Longifolia.
1318. Aurea.

1319. Sarniensis.
1320. Curvifolia.
1321. Crispa.
1322. Josephinæ.
1323. Purpurea.
1324. Pulverulenta.
1325. Tubispatha.
1326. Lineata.
1327. Fulgida.
1328. Stylosa.
1329. Fotergillii.
1330.

ALLIUM.

1331. Ampeloprasum.
1332. Porrum.
1333. Magicum.
1334. Pendulinum.
1335. Sativum.
1336. Scorsonaræfolium.
1337. Flavum.
1338. Vineale.
1339. Ascalonicum.
1340. Nigrum.
1341. Cepa.
1342. Fissile.
1343. Molly.
1344. Fistulosum.
1345. Schœnoprasum.
1346. Chamæmoly.
1347. Fragrans.
1348. Nutans.
1349. Album.
1350. Narcissiflorum.
1351. Siculum.
1352. Ciliare.
1353. Azureum.
1354.

LILIUM.

1355. Candidum.
1356. C.—Fl. Pleno.
1357. C.—Punctatum.

5

1358. C.—Variegatum.
1359. Japonicum.
1360. Bulbiferum.
1361. Croceum.
1362. Tigrinum.
1363. Pomponium.
1364. Superbum.
1365. Martagon.
1365. A. Pumilum.
1365. B.

FRITILARIA.
1366. Persica,
1367. Meleagris.
1367. A. M.—Alba.
1368. Involucrata.
1368. A. Tulipiflora?
1369. Imperialis.

EUCOMIS.
1370. Regia.
1371. Punctata.

UVULARIA.
1372. Chinensis.

SCHELAANMERA.
1373. Undulata.

GLORIOSA.
1374. Superba.

ERYTHRONIUM.
1375. Denscanis.
1376. Americanum.

TULIPA.
1377. Sylvestris.
1378. Turcica.
1379. Turcica Fl. Pleno.
1380. Celsiana.
1381. Clusiana.
1382. Suaveolens.
1383. Stroptala.
1384. Gesneriana.
1384. A. Campsopetala.

1384. B. Oculus Solis.
1384. C. O.—Varietas.

ALBUCA.
1385. Alba.
1386. Major.
1387. Abyssinica.

HYPOXIS.
1388. Sobolifera.
1389. Stellata.

CURCULIGO.
1390. Recurvata.

ORNITHOGALUM.
1391. Umbellatum.
1392. Montanum.
1393. Excapum.
1394. Villosum.
1395. Pyrenaïcum.
1396. Longebracteatum.
1397. Pyramidale.
1398. Arabicum.
1399. Thyrsoïdes.
1400. Nutans.
1401. Luteum.
1401. A.

SCILLA.
1402. Maritima.
1403. Liliohyacinthus.
1404. Undulata.
1405. Peruviana.
1406. P.—Alba.
1407. Bifolia.
1408. Autumnalis.
1409. Sibirica.

ASPHODELUS.
1410. Luteus.
1411. Tauricus.
1412. Ramosus.
1413. Fistulosus.

PHALANGIUM.

1414. Ramosum.
1415. Liliago.
1416. Liliastrum.
1417. Pendulum.
1418. Elatum.

ANTHERICUM.

1419. Frutescens.
1420. Alooïdes.
1421. Glaucum.
1421. A.

ARTROPODIUM.

1422. Cirratum.

CHLOROPHYTUM.

1423. Orchidastrum.

ASPARAGUS.

1424. Officinalis.
1425. Acutifolius.
1425. A. Albus.
1426. Horridus.
1427. Capensis.

DRACÆNA.

1428. Draco.
1429. Boherhavii.
1430. Australis.
1431. Arborea.
1432. Fragrans.
1433. Terminalis.
1434. Marginalis.
1435. Ovata.
1436. Reflexa.
1437. Umbraculifera.
1438. Mexicana.
1439. Elleptica.

DIANELLA.

1440. Nemorosa.
1441. Cœrulea.
1442. Divaricata.

SANSEVIERA.

1443. Zeylanica.
1444. Guineensis.
1445. Carnea.

CONVALLARIA.

1446. Majalis.
1447. M.—Fl. Purpureo.
1448. M. — Fl. Pleno.
1449. M. — Folio striato.
1450. Japonica.

POLYGONATUM.

1451. Vulgare.
1452. V. — Fl. Pleno.
1453. Multiflorum.
1454. Verticillatum.

MAYANTHEMUM.

1455. Bifolium.

POLYANTHES.

1456. Tuberosa.
1457. T.—Fl. Pleno.

HYACINTHUS.

1458. Nonscriptus.
1459. Patulus.
1460. Orientalis.
1461. Viridis.
1462. Dubius.

MUSCARI.

1463. Moschatum.
1464. Comosum.
1465. C.—Monstrosus.
1466. Botryoïdes.
1467. Racemosum.

PHORMIUM.

1468. Tenax.

LACHENALIA.

1469. Lancefolia.
1470. Tricolor.
1471. Luteola.

1472. Quadricolor.
1472. A. Tenuifolia.

VELTHEIMIA.

1473. Viridifolia.
1474. Glauca.

TRITOMA.

1475. Uvaria.
1476. Media.

YUCCA.

1477. Gloriosa.
1478. Aloïfolia.
1479. Draconis.
1480. Filamentosa.
1481. F.—Variegata.
1482. Conspicua.
1483. Recurvifolia.
1484. Angustifolia.
1485. Flaccida.
1486. Serrulata.

ALOE.

1487. Vulgaris.
1488. Soccotrina.
1489. Fruticosa.
1490. Mitræformis.
1491. M.—Augustifolia.
1492. Rhodacantha.
1493. Perfoliata.
1494. Humilis.
1495. Umbellata.
1496. Maculata.
1497. Variegata.
1498. Carinata.
1498. A.

RHIPIPODENDRON.

1499. Plicatile.

GASTERIA.

1500. Nigricans.
1501. Obliqua.
1502. Disticha.

1503.
1503. A.

HAWORTIA.

1504. Viscosa.
1505. Retusa.
1506. Margaritifera.
1507. Minor.
1508. Radula.
1509. Cymbæformis.
1510. Arachnoïdes.
1511.

APICRIA.

1512. Spiralis.
1513. Pentagonia.
1514.

PHYLLOMA.

1515. Macra.

AGAVE.

1516. Americana.
1517. A.—Variegata.
1518. Fœtida.
1519. Lurida.
1520. Vivipara.
1521. Yaccæfolia.
1522. Spicata.
1523. Virginica.

LITTEA.

1524. Geminiflora.

ALSTROEMERIA.

1525. Pelegrina.
1526. Hookeri. Rosea.
1527. Ligtu.

HEMERCALIS.

1528. Flava.
1529. Graminea.
1530. Fulva.
1530. A. F. Variegata.
1531. Disticha.

FUNKIA.

1532. Alba.
1533. Cœrulea.

ACORUS.

1534. Cœlamus.
1535. Gramineus.

ORONTIUM.

1536. Japonicum.

THRYNAX.

1537. Parviflora.

JUNCUS.

1538. Conglomeratus.
1539. Effusus.
1540. Glaucus.
1541. Bulbosus.
1542. Buffonius.
1543. Aquaticus.
1544. Sylvaticus.

LUZULA.

1545. Vernalis.
1546. Maxima.
1547. Campestris.
1548. Nivea.
1548. A. Albida.

BERBERIS.

1549. Vulgaris.
1550. V.—Fructu alba.
1551. V.—Fructu violacea.
1552. V.—Abortiva.
1553. Canadensis.
1554. Cretica.
1555. Sinensis.
1556. Aristata.
1557. Nepaulensis.
1557. A. Emarginata.
1557. B. Buxifolia.

PRINOS.

1558. Verticillata.

1559. Ambigua.
1560. Glaber.

COSSINIA.

1561. Pinnata.

NANDINA.

1562. Domestica.

CLEOME.

1563. Pentaphylla.
1563. A. Gigantea.

RICHARDIA.

1564. Pilosa.

CANARINA.

1565. Campanula.

BAMBUSA.

1566. Arundinacea.
1567. Thouarsii.

ORDRE II. DIGYNIE.

ORYZA.

1568. Sativa.

ATRAPHAXIS.

1569. Undulata.

ORDRE III. TRIGYNIE.

RUMEX.

1570. Sanguineus.
1571. Nemolapatum.
1572. Crispus.
1573. Maritimus.
1574. Acutus.
1575. Obtusifolius.
1576. Lunaria.
1577. Scutatus.
1578. Alpinus.
1579. Acetosella.
1580. Acetosa.
1580. A. Longifolius.
1580. B.

TRIGLOCHIN.
1581. Bulbosum.

VERATRUM.
1582. Album.

MEDEOLA.
1583. Asparagoïdes.

HELONIAS.
1584. Bullata.

CHAMEROPS.
1585. Palmetto.
1586. Humilis.
1487. H.—Arborescens.
1588. Excelsa.

APONOGETON.
1589. Distachion.

ORDRE IV. POLIGYNIE.
—

ALISMA.
1591. Plantago.
1492. Cordifolia.

CL. VII. HEPTANDRIE.

ORDRE I. MONOGYNIE.
—

TRIANTALIS.
1593. Europæa.

DISANDRA.
1594. Prostata.

ÆSCULUS.
1595. Hyppocastanum.
1596. Rubescens.

PAVIA.
1597. Hoïotensis.
1598. Lutea.
1599. Hybrida.
1600. Rubra.

1601. Discolor.
1602. Macrostachia.
1603. Neglecta.
1603. A. Coriacea.
1603. B.

ORDRE IV. TETRAGYNIE
—

SAURURUS.
1604. Cernuus.

ORDRE VII. HEPTAGYNIE.
—

SEPTAS.
1605. Capensis.

CL. VIII. OCTANDRIE.

ORDRE I. MONOGYNIE.
—

TROPOEOLUM.
1606. Majus.
1607. M.—Fl. Pleno.
1607. A. M.—Var.
1608. Minus.
1609. Aduncum. Desf.

RHEXIA.
1610. Virginica.
1611. Holocericea.
1611. A. Mariana.

OENOTHERA.
1612. Biennis.
1613. Grandiflora.
1614. Mollissima.
1615. Odorata.
1616. Muricata.
1617. Fruticosa.
1618. Fraseri.
1619. Tetraptera.
1620. Purpurea.
1621. Rosea.
1622. Pumila.

1623. Acaulis.
1624. Speciosa.
1625. Cœspitosa.
1625. A. Serotina.
1625. B. Taraxacifolia.
1625. C. Glauca.

GAURA.

1626. Biennis.
1627. Mutabilis.

EPILOBIUM.

1628. Spicatum.
1629. S.—Fl. Albo.
1630. Angustifolium.
1631. Hirsutum.
1632. Pubescens.
1633. Montanum.
1634. Tetragonum.

FUCHSIA.

1635. Coccinea.
1636. Lycioïdes.
1637. Arborescens.
1638. Gracilis.
1639. Macrostema.
1640. Excorticata.
1640. A. Microphylla.
1640. B. Thymifolia.
1640. C. Ovalis.

COMBRETUM.

1641. Coccineum.

EUPHORIA.

1642. Longana.

KOEULREUTERIA.

1643. Paniculata.

AMYRIS.

1644. Polygama.

DODONEA.

1645. Viscosa.
1646. Triquetra.

CARAPA.

1647. Guyanensis.

JAMBOLIFERA.

1648. Pedunculata.

ACER.

1649. Tartarica.
1650. Pseudoplatanus.
1651. P.—Variegata.
1652. Platanoïdes.
1653. P.—Variegata.
1654. P.—Laciniatum.
1655. Saccharinum.
1656. Nigrum.
1657. Eriocarpum.
1658. Rubrum.
1659. Tomentosum.
1660. Striatum.
1661. Spicatum.
1662. Hybridum.
1663. Campestre.
1664. C.—Variegatum.
1665. C.—Lœvigatum.
1666. Opalus.
1667. Opulifolium.
1668. Neapolitanum.
1669. Monspesulanum.
1670. Creticum.
1671. Oblongum.

NEGUNDO.

1672. Fraxinifolia.
1573. F. Crispum.

CHLORA.

1674. Perfoliata.

MICHAUXIA.

1675. Strigosa.

CORREA.

1676. Alba.
1677. Virens.
1678. Speciosa.

1678. A. Puchella.

OXICCOCUS.

1679. Macrocarpa.

MENZIEZIA.

1680. Polyfolia.

ERICA.

1681. Multiflora.
1682. M.—Alba.
1683. Arborea.
1684. Polytrichifolia.
1685. Mitræformis.
1686. Saxatilis.
1687. Mediterranea.
1688. Glomiflora.
1689. Baccans.
1690. Ciliaris.
1691. Sebana.
1692. Cinerea.
1693. C.—Alba.
1694. Tetralix
1695. T.—Alba.
1697. Versicolor.
1998. Ignescens.
1699. Mammosa.
1700. Vulgaris.
1701. V.—Alba.
1702. V.—Fl. Pleno.
1703.

DAPHNE.

1704. Mezereum.
1705. M. — Album.
1706. M. — Sempervirens.
1707. Altaïca.
1708. Tartouraira.
1709. Alpina.
1710. Laureola.
1711. L.—Marginata.
1712. Pontica.
1713. P.—Rubra.
1714. Gnidium.

1715. Oleoïdes.
1716. Collina.
1717. C.—Axillaris.
1718. C.—Variegata.
1719. Odora.
1720. O.—Marginata.
1720. A. O.—Subrubra.
1721. Cneorum.
1722. C.—Variegata.
1723. C.—Major.
1723. A. C.—Emarginata.
1724. Delphyni.
1724. A. D.—Odoratissima.
1725. Pontica Variegata.
1725. A. P.—Marginata.
1725. B.

DIRCA.

1726. Palustris.

GNIDIA.

1727. Simplex.

PASSERINA.

1728. Filiformis.

ORD. II. DIGYNIE.
—

MÆRINGIA.

1729. Muscosa.

ORD. III. TRIGYNIE.
—

POLYGONUM.

1730. Aviculare.
1731. Elegans.
1732. Bistorta.
1733. Viviparum.
1734. Incanum.
1735. Persicaria.
1736. Minus.
1737. Amphybium.
1738. A.—Terrestre.
1739. Hydropiper.

1740. Orientale.
1741. Divaricatum.
1742. Fagopyrum.
1743. Cymosum.
1744. Convolvulus.
1745. Dumetorum.
1746. Frutescens.

BRUNICHIA.

1747. Cirrhosa.

COCCOLOBA.

1748. Uvifera.
1749. Excoriata.
1750. Pubescens.
1751. Nivea.
1752. Rheïfolia.
1753. Fagifolia.
1754.

CARDIOSPERMUM.

1755. Halicacabum.
1756. Pubescens.

SAPINDUS.

1757. Saponaria.
1758. Marginata.

ORD. IV. TETRAGYNIE.

CALANCHOÆ.

1759. Laciniata.
1760. Ægyptiaca.
1761. Spathulata.
1762. Crenata.

BRYOPHYLLUM.

1763. Calicinum.

ADOXA.

1764. Moschatellina.

HALORAGIS.

1765. Cercodia.

CL. IX. ENNÉANDRIE.

ORD. I. MONOGYNIE.

LAURUS.

1766. Cinnamomum.
1767. Cassia.
1768. Camphora.
1769. Nobilis.
1770. N.—Angustifolia.
1771. N.—Fol. Variegata.
1772. N.—Fol. Crispa.
1773. Indica.
1774. Caroliniensis.
1775. Glauca.
1776. Benzoin.
1777. Sassafras.
1778. Fœtens.
1779. Geniculata.
1780. Glaucophylla (Agregata.)
1781. Persea.
1782. Diospyroïdes.
1782. A.

ANACARDIUM.

1783. Occidentale.

ORD. II. TRIGYNIE.

RHEUM.

1784. Undulatum.
1785. Palmatum.
1786. Ribes.
1786. A. Australe.

ORD. III. HEXAGYNIE.

BUTOMUS.

1787. Umbellatus.

6

CL. X. DÉCANDRIE.

ORD. I. MONOGYNIE.

—

EDWARTIA.
1788. Tetraptera.
1789. Microphylla.

SOPHORA.
1790. Tomentosa.
1791. Japonica.
1792. J.—Pendula.
1792. A. J.—Fol. Variegata.

VIRGILIA.
1793. Lutea.
1794. Aurea.

BAPTISIA.
1795. Perfoliata.
1796. Australis.
1796. A. A.—Flor. Albo.
1797. Tinctoria.

PODALIRIA.
1798. Biflora.
1799. Styracifolia.

PULTENÆA.
1800. Daphnoïdes.

CALISTACHIS.
1801. Lanceolata.

DAVIESIA.
1802. Juncea.

EUTAXIA.
1803. Myrthifolia.

CHORIZEMA.
1804. Illicifolia.
1804. A. Rhombea.

GOMPHOLOBIUM.
1805. Celsianum.

SPHÆROLOBIUM.
1806. Vimineum.

JACKSONIA.
1807.

ANAGYRIS.
1808. Fœtida.

CERCIS.
1809. Siliquastrum.
1810. S.—Roseum.
1811. Canadensis.

BAUHINIA.
1812. Scandens.
1813. Aculeata.
1814. Porrecta.
1815. Divaricata.

HYMENEA.
1816. Courbaril.
1817. Verrucosa.

CASSIA.
1818. Corymbosa.
1819. Occidentalis.
1820. Biflora.
1821. Tomentosa.
1822. Marylandica.
1823. Brasiliana.
1824.

PARKINSONIA.
1325. Aculeata.

CÆSALPINIA.
1826. Sappan.

GUILANDINA.
1827. Bouduc.

MORINGA.
1828. Zeylanica.

ADHENANTHERA.
1829. Pavonina.

CADIA.
1830. Purpurea.

SCHOTIA.
1831. Speciosa.
1831. A. Grandifolia.

ZIGOPHYLLUM.
1832. Fabago.
1833. Morgsana.

DICTAMUS.
1834. Fraxinella.
1835. Albus.

RUTA.
1836. Graveolens.
1837. Divaricata.
1838. Angustifolia.
1839. Sylvestris.
1839. A. Albiflora.

QUASSIA.
1840. Amara.

LIMONIA.
1841. Monophylla.
1842. Trifoliata.
1843. Pentæphylla.

GLYCOSMIS.
1844. Madagascariensis.

MURRAYA.
1845. Exotica.

KOOKIA.
1846. Punctata.

SWIETENIA.
1847. Mahagoni.

MELIA.
1848. Azedarach.
1849. Sempervirens.

MONOTROPA.
1850. Hypopithis.

JUSSIEUVA.
1851. Grandiflora.
1852. Longifolia.

GARUGA.
1853. Pinnata.

CERATOPETALUM.
1854. Gummiferum.

MELASTOMA.
1855. Cymosa.
1856. Holocericea.
1857.

KALMIA.
1858. Latifolia.
1859. Angustifolia.
1860. Lucida.
1861. Oleæfolia.
1862. Glauca.

LEDUM.
1863. Palustre.
1864. Decumbens.
1865. Odoratissimum.
1866. Latifolium.
1867. Thymifolium.

RHODORA.
1868. Canadensis.

RHODODENDRUM.
1869. Ferrugineum.
1870. Hirsutum.
1871. H.—Variegatum.
1872. Minus.
1873. Ponticum.
1874. P.—Album.
1875. P.—Marginatum.
1876. P.—Heterophyllum.
1877. P.—Multiplex.
1878. Hybridum.
1878. Maximum.
1880. M.—Album.

1881. Catawbiense.
1882. Dauricum.
1882. A. D.—Sempervirens.
1883. Arboreum.
1884. Azaloïdes.
1885. A.—Odorata.
1886. Dubium.

VACCINIUM.

1887. Myrtillus.
1888. Uliginosus.
1889. Corymbosum.
1890. Arboreum.
1891. Pensylvanicum.
1892. Virgatum.
1893. Vitisidæa.

ANDROMEDA.

1894. Cossinæfolia.
1895. Pulverulenta.
1896. Mariana.
1897. Polyifolia.
1898. P.—Angustifolia.
1899. Glaucophylla.
1900. Paniculata.
1901. Racemosa.
1902. Axilaris.
1903. A.—Major.
1904. Acuminata.
1905. Caliculata.
1906. C.—Crispa.
1907.

GAULTERIA.

1908. Procumbens.

ARBUTUS.

1909. Unedo.
1910. U.—Fl. Rubro.
1911. Andrachne.
1912. Canariensis.
1913. Uvaursi.
1913. A. Sinensis.

CLETHRA.

1914. Alnifolia.
1915. Incana.
1916. Acuminata.
1917. Arborea.
1918. A.—Variegata.

STYRAX.

1919. Officinale.
1919. A. Lœvigatum.

TERMINALIA.

1920. Catappa.
1921. Benzoë.

ORD. II. DIGYNIE.

HYDRANGEA.

1922. Arborescens.
1923. Cordata.
1924. Radiata.
1925. Quercifolia.

CHRYSOSPLENIUM.

1926. Alternifolium.

SAXIFRAGA.

1927. Pyramidalis.
1928. Aizoon.
1929. Longifolia.
1930. Pensylvanica.
1931. Androsacea.
1932. Cæsia.
1933. Bryoïdes.
1934. Stellaris.
1935. Crassifolia.
1936. Sarmentosa.
1937. Umbrosa.
1938. Hirsuta.
1939. Cuneïfolia.
1940. Geum.
1941. Polita. Spreng.
1942. Cœrulea.
1943. Rotundifolia.

1944. Granulata.
1945. G.—Fl. Pleno.
1946. Tridactylites.
1947. Aquatica.
1948. Hypnoïdes.
1949. Decipiens.
1950. Muscoïdes.
1950. A. Erosa.
1951.

TIARELLA.

1952. Cordifolia.

MITELLA.

1953. Diphylla.

SCLERANTHUS.

1954. Annuus.

GYPSOPHYLLA.

1955. Acutifolia.
1956. Steweni.

SAPONARIA.

1957. Officinalis.
1958. O.—Fl. Pleno.
1959. Vaccaria.
1960. Ocymoïdes.
1961. Illirica.

DIANTHUS.

1962. Prolifer.
1963. Armeria.
1964. Barbatus.
1965. Capitatus.
1966. Carthusianorum.
1967. Alpestris.
1968. Fruticosus.
1969. Rupicola.
1970. Chinensis.
1971. C.—Latifolius.
1972. Caryophyllus.
1973. Lignosus.
1974. Sylvestris.
1975. Deltoïdes.

1976. Cœsius.
1977. Plumarius.
1978. Superbus.
1979. Bicolor.
1980. Hispanicus.
1981. Mutabilis.
1982. Corymbosus.
1983. Pulcherrimus.

ORD. III. TRIGYNIE.

CUCUBALUS.

1984. Bacciferus.

SILENE.

1985. Fimbriatus.
1986. Inflata.
1986. A. I.——Fl. Pleno.
1987. Multiflora.
1988. Conica.
1989. Gallica.
1990. Quenquevulnera.
1991. Nutans.
1992. Fruticosa.
1993. Armeria.
1994. Bipartita.
1994. A.

STELLARIA.

1995. Holostea.
1996. Graminea.

ARENARIA.

1997. Trinervia.
1998. Balearica.
1999. Serpillifolia.
2000. Tenuifolia.
2001. Dianthoïdes.

HORTENSIA.

2002. Speciosa.

MALPIGHIA.

2003. Glabra.

2004. Urens.
2005. Macrophylla.
2006. Coccifera.

BANISTERIA.

2007. Cericea.
2008. Chrysophylla.
2009.

TETRAPTERIS.

2010. Acutifolia.

GARIDELLA.

2011. Nigellastrum.

ORD. V. PENTAGYNIE.

—

SPONDIAS.

2012. Cytherea.
2013. Mirobolanus.

COTYLEDON.

2014. Orbiculata.
2015. Umbilicus.
2016. Lutea.
2017. Coccinea.

SEDUM.

2018. Verticillatum.
2019. Telephyum.
2020. T.—Purpureum.
2021. Anacampseros.
2022. Diviricatum.
2023. Hybridum.
2024. Spurium.
2025. Populifolium.
2026. Cepæa.
2027. Dasiphyllum.
2028. Reflexum.
2029. Altissimum.
2030. Album.
2031. Acre.
2031. A. A.—Monstrosum.

PANTHORUM.

2032. Sedoïdes.

OXALIS.

2033. Asinina.
2034. Speciosa.
2035. Rigidula.
2036. Violacea.
2037. Caprina.
2038. C.—Duplex.
2039. Versicolor.
2040. Rubella.
2041. Rosacea.
2042. Incarnata.
2043. Pentaphylla.
2044. Flava.
2045. Grandiflora.
2045. A. Corniculata.
2045. B. Crassicaulis.
2045. C.
2045. D.

AGROSTEMMA.

2046. Githago.
2047. Coronaria.
2048. C.—Fl. Albo.
2049. C.—Fl. Pleno.
2049. A. C.—Fl. Roseo.
2050. Flos-Jovis.
2051. Cœli-Rosa.

LYCHNIS.

2052. Chalcedonica.
2053. C.—Fl. Albo.
2054. C.—Fl. Roseo.
2055. C.—Fl. Pleno.
2056. Floscuculi.
2057. F.—Albo.
2058. F.—Fl. Pleno.
2059. F.—Nana Fl. Pleno.
2060. Grandiflora.
2061. Fulgens.
2062. Viscaria.
2063. V.— Fl. Pleno.

2063. A. V.—Fl. Roseo.
2064. Sylvestris.
2065. S.—Fl. Roseo Pleno.
2066. S.—Fl. Rubro Pleno.
2067. L.—Fl. Major R. Pleno.
2068. Dioïca.
2069. D.—Alba Plena

CERASTIUM.

2070. Brachipetalum.
2071. Vulgatum.
2072. Viscosum.
2073. Semidecandrum.
2074. Arvense.
2075. Tomentosum.

SPERGULA.

2076. Arvensis.
2077. Pentandra.

ORD. VII. DÉCAGYNIE.

PHYTOLACCA.

2078. Decandra.

CL. XI. DODÉCANDRIE.

ORD. I. MONOGYNIE.

AZARUM.

2079. Europæum.
2080. Virginicum.

BOCCONIA.

2081. Frutescens.
2082. Cordata.

HALEZIA.

2083. Tetraptera.

DECUMARIA.

2084. Barbara.
2085. B.—Scandens. Per.

PORTULACA.

2086 Oleracea.
2086. A. O.—Sylvestris.

TALINUM.

2087. Anacampseros.
2088. Fruticosum.

CALANDRINIA.

2089. Discolor.
2089. A. Speciosa.

LYTHRUM.

2090. Salicaria.
2091. Virgatum.
2092. Hyssopifolium.
2093. Vulneraria.

NESOEA.

2094. Salicifolia.
2094. A. Myrthifolia.

ORD. II. DIGYNIE.

AGRIMONIA.

2095. Eupatoria.
2096. Odorata.

ORD. III. TRIGYNIE.

RESEDA.

2097. Luteola.
2098. Lutea.
2099. Phyteuma.
2100. Odorata.

ARISTOTELIA.

2101. Maqui.

EUPHORBIA.

2102. Canariensis.
2103. Mammillaris.
2104. Neriifolia.
2105. Polygona.

2106. Breonii.
2107. Caput-Medusæ.
2108. Anacantha.
2109. Dendroïdes.
2110. Parasitica.
2111. Cotinifolia.
2112. Ceratocarpa.
2113. Mellifera.
2114. Peplus.
2115. Exigua.
2116. Lathyris.
2117. Spinosa.
2118. Helioscopia.
2119. Sylvatica.
2120. Cyparissias.
2121. Saxatilis.
2122. Characias.
2123. Apios?
2124. Meloformis.
2124. A.

PEDILANTHUS.

2125. Carinata.

VISNEA.

2126. Mocanera.

ORD. V. PENTAGYNIE.

BLACKWELLIA.

2127. Paniculata.

ORD. VI. DODÉCAGYNIE.

SEMPERVIVUM.

2128. Arboreum.
2129. A. Variegatum.
2130. A. Rubrum.
2131. Canariense.
2132. Glutinosum.
2133. Ciliatum.

2134. Tectorum.
2135. Globiferum.
2136. Arachnoïdeum.
2137.
2138. Montanum.
2139. Hirtum.
2140. Monanthos.

CL. XII. ICOSANDRIE.

ORD. I. MONOGYNIE.

MELOCACTUS.

2141. Communis.

MAMMILARIA.

2142. Coronaria.
2143. Discolor.
2144. Simplex.
2145. Pusilla.
2145. A. Tenuis.
2145. B. Densa.

ECHINOCACTUS.

2146. Eyriesii.
2146. A. Sulcatus.
2146. B. Othonii.

CEREUS.

2147. Peruvianus.
2148. Monstruosus.
2149. Hawortii.
2150. Niger.
2151. Royenni.
2152. Repandus.
2153. Tetragonus.
2153. A. Paniculatus.
2154. Serpentinus.
2155. Flagelliformis.
2156. Grandiflorus.
2157. Speciosissimus.
2157. A. Ignescens.
2157. B. Quillardetii.

2158. Triqueter.
2158. A. Napoleoni.
2159. Phyllanthus.
2160. Phyllanthoïdes.
2161. Truncatus.
2162. Alatus. Dec.
2163. Triangularis.
2163. A. Leptopsis.
2163. B. Cokinbanus.
2163. C. Obtusus.
2163. D. Euphorbioïdes.
2163. E. Pitagua.

OPUNTIA.

2164. Cylindrica.
2165. Currassavica.
2166. Pusilla.
2167. Spinosissima.
2168. Tuna.
2169. Polyantha.
2170. Cochinilifera.
2171. Inermis.
2172. Amyclea.
2173. Vulgaris.
2174. Brasiliensis.
2175. Elata.
2176. Stapelia.
2177. Exuviata.
2177. A. Rosea.
2177. B. Pulvinata.
2177. C. Microdasis.
2177. D. Fragilis.
2177. E. Ferox.
2177. F. Imbricata.

PERESKIA.

2178. Aculeata.
2179. Grandiflora.

RHIPSALIS.

2180. Fasciculata.
2181. Funalis.
2182. Salicornoïdes.
2183. Mesembrianthemoïdes.

2184. Parasiticus.

PHYLADELPHUS.

2185. Coronarius.
2186. C.—Nanus.
2187. C.—Fl. Pleno.
2187. A. C.—Variegatus.
2188. Dubius.
2189. Pubescens.
2190. Inodorus.
2191. Hirsutus.
2191. A.
2191. B.

LEPTOSPERMUM.

2192. Thea.
2193. Pubescens.
2194. Juniperinum.
2195. Ambiguum.
2196. Scoparium.
2197. Lanigerum.

TRISTANIA.

2198. Neriifolia.
2199. Laurina.
2200. Conferta.

BEAUFORTIA.

2201. Decussata.

CALOTHAMNUS

2202. Quadrifida.
2203. Villosa.
2204. Gracilis.

MELALEUCA.

2205. Leucadendra.
2206. Diosmæfolia.
2207. Stiphelioïdes.
2208. Ericæfolia.
2209. Armillaris.
2210. Puchella.
2211. Thymifolia.
2212. Linarifolia.
2213. Hipericifolia.

2214. Squamosa.
2215.

EUCALIPTHUS.

2216. Resinifera.
2217. Capitellata.
2218. Glauca.
2219. Paniculata.
2220.

CALYSTEMON.

2221. Pinifolia.
2222. Salignum.
2223. Viridiflorum.
2224. Lanceolatum.
2225. Speciosum.

FABRICIA.

2226. Lœvigata.

BÆCKEA.

2227. Virgata.

PSIDIUM.

2228. Montanum.
2229. Pyriferum.
2230. Cattleyanum.
2231. Acre.

MYRTHUS.

2232. Communis.
2233. C.—Fl. Pléno.
2234. C.—Tarantina.
2235. C.—Lusitanica.
2236. C.—L.—Variegata.
2237. C.—Bœtica.
2238. Acris.
2239. Moschata.
2340. Tomentosa.

ACMENA.

2241. Floribunda.

EUGENIA.

2242. Pimenta.
2243. Uniflora.

IAMBOSA.

2244. Vulgaris.
2245. Macrophylla.
2146. Australis.

PUNICA.

2247. Granatum.
2248. G.—Fl. Pleno.
2249. G.—Flavescens.
2250. Nana.
2250. A. N.—Racemosa.

AMYGDALUS.

2251. Nana.
2252. Georgica.
2253. Orientalis.
2254. Siberica.
2255. Communis.
2256. C.—Fol. Variegata.
1257. C.—Striata.

PERSICA.

2258. Vulgaris.
2259. V.—Fl. Pleno.
2260. Lœvis.
2260. A. Hybrida.

ARMENIACA.

2261. Vulgaris.
2262. Dasycarpa.
2263. Sibirica.
2264. Brigantiaca.

PRUNUS.

2265. Spinosa.
2266. S.—Fl. Pleno.
2267. Insititia.
2268. Cocomilia.
2269. Maritima.
2270. Domestica.
2271. D.—Armenioides. Dec.
2272. D.—Claudiana.
2273. D.—C.—Duplex.
2274. D.—Damascena.

ɛ 2275. D.—Turonensis.
ɛ 2276. D.—Juliana.
ɛ 2277. D.—Catharinea.
ɛ 2278. D.—Aubertiana.
ʔ 2279. D.—Pruneaultiæ.
ʔ 2280. Cerasiformis.
ʔ 2281. C.—Fructu Albo
: 2282. Hyemalis.
: 2283. Sphærocarpa.
: 2284. Chicosa.
: 2285. Pumila.
: 2286. Depressa.
2287. Sinensis.
2288. Incana.
2289. Prostrata.

CERASUS.

2290. Avium.
2291. A.—Multiplex.
2291. A. A.—M.—Belgica.
2292. Duracina.
2293. D.—Macrophylla.
2294. Juliana.
2295. Caproniana.
2296. C.—Multiplex.
2297. Semperflorens.
2298. Nana.
2299. Chamœcerasus.
2300. C.—Pendula.
2301. Persicifolia.
2302. Mahhleb.
2303. M.—Pendula.
2304. M.—Monstruosa.
2305. M.—Fruct. Luteo.
2305. A. M.—Pumila.
2305. B. Græca.
2306. Padus.
2307. P.—Rubra.
2308. P.—Bracteosa.
2309. Virginiana.
2310. Lusitanica.
2311. Laurocerasus.

2312. L.—Variegata.
2313. L.—Angustifolia.
2313. A. Caroliniana.

ORD. II. DIPENTAGYNIE.

WALDSTENIA.

2314. Geoides.

CRATÆGUS.

2315. Pyracantha.
2316. Crusgalli.
2317. Linearis.
2318. Lucida.
2319. Punctata.
2320. Stipulata.
2321. Serralifolia.
2322. Radiata.
2323. Glandulosa.
2324. Elleptica.
2325. Prunifolia.
2326. Latifolia.
2327. Caroliniana.
2328. Parvifolia. (Nob.)
2329. Axillaris.
2330. Pyrifolia.
2331. Sanguinea.
2332. Purpurea.
2333. Flabellata.
2334. Coccinea.
2335. Corrallina.
2336. Oxiacantha.
2337. Monogyna.
2338. M.—Variegata.
2339. M.—Plena.
2340. M.—Rosea.
2341. M.—Flava.
2342. Spathulata.
2343. Azarolus.
2344. Heterophylla.
2345. Maroccana.
2346. Nigra.

2347. Tanacetifolia.
2348. Odoratissima.
2349. Orientalis.
2350. Oliveriana.
2351. Incisa.
2352. Fissa.
2353. Trifoliata.
2354. Celsiana.
2355. Palmata. (Nob.)
2355. A.

RAPHIOLEPIS.

1356. Indica.
2357. Rubra.
2358. Salicifolia.

PHOTINIA.

2359. Serrullata.

ERYOBOTRYA.

2360. Japonica.

COTONEASTER.

2361. Vulgaris.
2362. Tomentosa.
2363. Acuminata.
2364. Racemiflora.
2365. Melanocarpa.
2365. A. Affinis.
2366. Buxifolia.
2367. Microphylla.

AMELANCHIEZ.

2368. Vulgaris.
2369. Botryapium.
2370. Ovalis.
2370. A. Sanguinea.

MESPYLUS.

2371. Germanica.
2372. G.—Apyrena.
2373. G.—Macrocarpa.
2374. Smithii.
2374. A.

ARONIA.

2375. Chamœmespylus.
2376. Pyrifolia.
2377. Melanocarpa.
2378. Alpina.
2379. Prunifolia.

PYRUS.

2380. Communis.
2381. C.—Variegata.
2382. Polveria.
2383. Eleagnifolia.
2384. Salicifolia.
2385. Sinaïca.
2386. Michauxii.
2387. Nepaulensis.
2388.

MALUS.

2389. Acerba.
2390. Communis.
2391. Spectabilis.
2392. Prunifolia.
2393. Baccata.
2394. Coronaria.
2395. Angustifolia.

SORBUS.

2396. Domestica.
2397. Aucuparia.
2398. Americana.
2399. Spuria.
2400. Hybrida.
2401. Intermedia.
2402. Latifolia.
2403. Torminalis.
2404. Aria.
2405. A.—Longifolia.
2406. Nepaulensis.
2407. Nivea.
2408. Græca. Umbellata.
2408. A.

CYDONIA.

2409. Vulgaris.
2410. V.—Lusitanica.
2411. Sinensis.
2412. Japonica.
2413. J.—Alba.

ORDRE V. PENTAGYNIE.

TETRAGONIA.

2414. Echinata.
2415. Expansa.

MESEMBRIANTHEMUM:

2416. Linguiforme.
2417. Dolabriforme.
2418. Tigrinum.
2419. Cristalinum.
2420. Expansum.
2421. Noctiflorum.
2422. Bicolorum.
2423. Violaceum.
2424. Spectabile.
2425. Viridiflorum.
2426. Barbatum.
2427. Stellatum.
2428. Hispidum.
2429. Falcatum.
2430. Spinosum.
2431. Aureum.
2432. Bracteatum.
2433. Uncinatum.
2434. Pugioniforme.
2435. Acinaciforme.
2436. Forficatum.
2437. Deltoïdes.
2438. Inclaudens.
2439. Blandum.
2440. Tuberosum.
2441. Testiculare.
2442. Felinum.
2443. Tigrinum.

2443. A. Purpureum.

SPIROEA.

2444. Opulifolia.
2445. Ulmifolia.
2446. Flexuosa.
2447. Bella.
2448. Chamœdrifolia.
2449. Oblongifolia.
2450. Trilobata.
2451. Thalictroïdes.
2452. Hypericifolia.
2453. Crenata.
2454. Corymbosa.
2455. Lœvigata
2456. Salicifolia.
2457. Tomentosa.
2457. A. Nepaulensis.
2458. Sorbifolia.
2459. Aruncus.
2460. Ulmaria.
2461. U.—Plena.
2462: U.—Variegata.
2463. Lobata.
2464. Filipendula.
2465. F.—Fl. Pleno.

GILLENIA.

2466. Trifoliata.

ORDRE VI. POLIGYNIE.

ROSA.

Iere SEC. SYNSTYLÆ. DEC.

2467. Arvensis.
2468. A.—Grandiflora.
2469. Sempervirens.
2470. S.—Major.
2471. S.—Fl. Roses.
2472. S.—Adélaïde-d'Orléans.
2473. S.—Eugène-d'Orléans.

8

2474. S.—Léopoldine-d'Orléans.
2475. S.—Princesse-Louise.
2476. S.—Princesse-Marie.
2477. S.—Félicité-Perpétue.
2478. S.— à Fl. Pleines.
2479. S.—Mélanie-de-Montjoie.
2480. S.—Blanc-Double.
2481. S.—Dona-Maria.
2482. S.—Rose Double.
2483. S.—Rose Multiple.
2484. S.—Rouge Semidouble.
2485. S.—Aimé-Vibert.
2486. S.—
2487. Balearica.
2488. Brunonii.
2489. B.— à Feuilles Glabres.
2490. B.—Blanc Double.
2491. B.—Pallida Duplex.
2492. B.—Rosea Duplex.
2493. B.—Rubra Duplex.
2494. B.—Microphylla.
2495. B.—
2496. Moschata.
2397. M.—Plena.
2498. M.—Duplex.
2499. M.—De-Saint-Ouen.
2500. M.—De-Luxembourg.
2501. M.—Princesse-de-Nassau.
2502. M.—Belle-Henriette.
2503. M.—B.—H. Double.
2504. Rubifolia.
2505. Multiflora.
2506. M.—Subalba.
2507. M.—Platyphylla.
2508. M.— à Petites Fleurs.
2509. M.—Roxbugii.
2509. A. M.
2510. Setigera.

IIeme Sec. CHINENSES.

2511. Nivea.
2512. Chinensis.

2513. C.— à Fleurs Doubles.
2514. C.—Sanguine.
2515. C.—Bichonne.
2516. C.—Ternaux.
2517. C.—Belle-de-Plaisance.
2518. C.—Anemating.
2519. C.—Belle-de-Monza.
2520. C.—Cerise.
2521. C.—Thé-Rouge.
2522. C.—Gouvion-Saint-Cyr.
2523. C.—Victoire.
2524. C.—
2525. Semperflorens.
2526. S.— à Fleurs Doubles.
2527. S.— à Fleurs Pleines.
2528. S.—Percisæfolia.
2529. S.—Subalba.
2530. S.—Lucida.
2531. S.—L'Etna.
2532. S.—L'Hermite.
2533. S.—Le Vésuve.
2534. S.—Le Mont-Gibel.
2535. S.—Uniflore.
2536. S.—Camelia.
2537. S.—Caroline-de-Brunswich.
2538. S.—Molière.
2539. S.—Bardon.
2540. S —Reine-Blanche.
2541. S.—Olry.
2542. S.—Fénélon.
2543. S —Amiral-de-Rigny.
2544. S.—Darius.
2545. S.—Jacquin.
2546. S.—Nini.
2547. S.—Plissée.
2548. S.—Splendens.
2549. S.—Verdier.
2550. S.—Victoire.
2551. S.— à Bois Strié.
2552. S.—Bisson.
2553. S.—David.
2554. S.—Duchesse-de-Parme.

2555. S.—Brillant.
2556. S.—Belle-Félix.
2557. S.—Devaux.
2558. S.—Denou.
2559. S.—Thémis.
2560. S.—Gaufréc.
2561. S.—Cerise.
2562. S.—Snelgrave.
2563. S.—Ismael.
2564. S.—Alphonse.
2565. S.—Fabvier.
2566. S.—Elvire.
2567. S.—Malmort.
2567. A. S.—
2568. Indica.
2569. I.—Thé-Ordinaire.
2570. I.—Thé-Jaunâtre.
2571. I.—Aphrani.
2572. I.—Anémone.
2573. I.—Belle-Élise.
2574. I.—B. Traversi.
2575. I.—Bourbon.
2576. I.—Duc-de-Grammont.
2577. I.—Strombio.
2578. I.—Hymené.
2579. I.—Lady Balcomb.
2580. I.—Le Fakir.
2581. I.—Lord-Biron.
2582. I.—Prince-de-Salerne.
2583. I.—Zénobie.
2584. I.—Telson.
2585. I.—Le-Rubis.
2586. I.—L'Écossaise.
2587. I.—Belle-Bigottini.
2588. I.—Roi-de-Siam.
2589. I.—Violet.
2590. I.—Thé-Mon-Héritage.
2591. I.—Marie-Stuart.
2592. I.—Palavicini.
2593. I.—Hamon.
2594. I.—Thouillet.
2595.

2595. A.

HYBRIDES des trois dernières espèces ne fleurissant qu'une fois.

2595. B. H. Rosine-Dupont
2596. H. à Petiles laciniées.
2597. H. Bobelina.
2598. H. Chénier.
2599. H. Bonne-Geneviève.
2600. H. Coutard.
2601. H. Camuset Pourpre.
2602. H. Camuset Carné.
2603. H. De Browne.
2604. H. De la Porte-Jaune.
2605. H. Delaborde.
2606. H. De Vergnies.
2607. H. Duc-de-Choiseul.
2608. H. Ducis.
2609. H. Du-Luxembourg.
2610. H. Euphrosine.
2611. H. Général-Thiars.
2612. H. Guérin.
2613. H. Indica-Major.
2614. H. Kératry.
2615. H. L'Africaine.
2616. H. Maréchal-Davoust.
2617. H. Moyenne.
2618. H. Parny.
2619. H. Philippine.
2620. H. Pyrolle.
2621. H. Peron.
2622. H. Rhœser.
2623. H. Souwarouf.
2624. H. Thysbé.
2625. H. T. Panaché.
2626. H. Zulmé.
2627. H. Duch.-de-Montébello.
2628. H. Jenner.
2629. H. Bizard-de-la-Chine.
2630. H. La-Nubienne.
2631. H. Mélanie.
2632. H. Miaoulis.

2633. H. Renoncule-Rose.
2634. H. — Pourpre.
2635. H. Violette-Jacques.
2636. H. Amadis.
2637. H. Grand-Mahomet.
2638. H. L'Astenie.
2639. H. Blanc-de-l'Afey.
2640. H. Comte-de-Coutard.
2641. H. Rose-Thiet.
2642. H. Moyenna.
2643. H. à Fleurs-de-centfeuilles.
2644. H. Marie
2645. H. Lilas.
2646. H. Alphonse-Mail.
2647. H. Sans-Aiguillons.
2648. H.
2649. H. Euphrosine.
2650. H. Brennus.
2651. H. Triomphe-de-Lafay.
2652. H.
2653. H.
2654. H.
2655. Noisettiana. Bon.
2656. N.—Ordinaire.
2657. N.—Chapnagana.
2658. N.—Princesse-d'Orange.
2659. N.—Cœur-Jaune.
2660. N.—à Pétales Réfléchies.
2661. N.—Milton.
2662. N.—Lafayette.
2663. N.—Isabelle-d'Orléans.
2664. N.—Lée.
2665. N.—Méchin.
2666. N.—Comtesse-d'Orlof.
2667. N.—Pourprée.
2668. N.—Bougainville.
2669. N.—à Grandes Fleurs.
2670. N.—Apollonie.   [quieu.
2671. N. — Anatole-de-Montes-
2672. N.—Boule-de-Neige.
2673. N.—Delphine.
2674. N.—De Bligny.

2675. N.—De-la-Queue.
2676. N.—De-Marseille.
2677. N.—Duc-de-Broglie.
2678. N.—Gris-de-Lin.
2679. N.—Honorine.
2680. N.—Jacques.
2681. N.—Élégante.
2682. N.—Lilas-Foncé.
2683. N.—Macule-de-Buret.
2684. N.—Petite-Étoile.
2685. N.—Putaux.
2686. N.—Rouge-Vif.
2687. N.— — Pâle-de-Neuilly.
2688. N.— — Virginal.
2689. N.—Sarmenteuse.
2690. N.—Rempant.
2691. N.—Azelia.
2692. N.—Grande-d'Anjou.
2693. N.—Félicia.
2694. N.—Démétrius.
2695. N.—Agathe.
2696. N.—Désiré.
2697. N.—Renoncule:
2698. N.—Filliette.
2699. N.—Rotanger.
2700. N.—Aimé-Vibert.
2701. N.—Inermis.
2702. N.—Flon.
2703. N.—Hardy.
2704. N.—La-Nymphe.
2705. N.—Gracilis.
2706. N.—Félicité.
2707. N.—
2708. N.—
2709. N.—
6710. N.—
2711. N.—
2712. N.—Mordant-de-Launay.
2713. N.—
2714.
2715. Lauranceana. Lind.
2716. N.—De-Chartres.

2717. L.—Double.
2718. L.—
2719. Borboniana. Desp.
2720. B.—Jacques.
2721. B.—à Pétales Crénelées.
2722. B.—Pâle-de-Neuilly.
2723. B.—Neumann.
2724. B.—Hétérophylle.
2725. B.—Perpétuel.
2726. B.—Augnstine-Lelieur.
2727. B.—
2728. B.—
2729. B.—
2730. B. Hyb. Athalin.
2731. B. H.—
2732. Bancksiana. Decand.
2733. B.—Flava.
2734. Bracteata.
2735. B.—De Versailles.
2736. B.—Maria-Leonida.
2737. Lucida. Dec.
2738. L.—
2739. Rapa. Dec.
2740. R.—Plena.
2741. R.—
2742. R. Var. Rose-Anglaise.
2743. Turbinata. Dec.
2744. T.—Grande-Pivoine.
2745. T.—Amelia. Cerise.
2746. T.—Rose-Pavot.
2747. T.—
2748. Gallica. Dec.
2749. G.—Abatuci.
2750. G.—Adel-Heu.
2751. G.—Agathe-Royale.
2752. G.—A.—Marie-Louise.
2753. G.—A.—De Portugal.
2754. G.—A.—De Francfort.
2755. G.—A.—Pyramidal.
2756. G.—A.—Jolie-Rose.
2757. G.—A.—Nuptiale.
2758. G.—A.—Couronnée.

2759. G.—A.—De Rome.
2760. G.—A.—Émeraude.
2761. G.—A.—Levert.
2762. G.—A.—à Grosses Fleurs.
2763. G.—A.—Pélerine.
2764. G.—A.
2765. G.—Andromaque.
2766. G.—Adonis.
2767. G.—Athalie.
2768. G.—Alexandrine.
2769. G.—Aline.
2770. G.—Augustine Bertin.
2771. G.—Aimable-Violette.
2772. G.—A.—De Stor.
2773. G.—Aigle-Noir.
2774. G.—Aimable-Rouge.
2775. G.—
2776. G.—
2777. G.—Baronne de Stael.
2778. G.—Belle-Aurore.
2779. G.— —De Hesse.
2780. G.— —De Trianon.
2781. G.— —Esquermoïse.
2782. G.— —Hélène.
2783. G.— —Sans-Flatterie.
2784. G.— —Alliance.
2785. G.— —D'Aulnay.
2786. G.— —Grecque.
2787. G.— —Marie.
2788. G.— —Olympe.
2789. G.— —
2790. G.—Bouquet-Charmant.
2791. G.—Brigitte.
2792. G.—Beau-Velours.
2793. G.—Blood.
2794. G.—Bobelina.
2795. G.—Capricorne.
2796. G.—Caraïskaki.
2797. G.—Fleur d'Auteuil.
2798. G.—Camuset-Rouge.
2799. G.— —Rosé.
2800. G.—Comtesse (la).

2801. G.—Cordon-Bleu.	2842. G.—Feuille-d'Orme.
2802. G.—Croix-d'honneur.	2843. G.—Feuil. et fl. marbrées.
2803. G.—Clémentine.	2844. G.—
2804. G.—Cartier.	2845. G.—Ganganelli.
2805. G.—Circassienne (la).	2846. G.—G. Gourgaud.
2806. G.—Constance (la).	2847. G.—Grande-Couronnée.
2807. G.—Cocarde (la).	2848. G.— —Pourpre.
2808. G.—Courtin.	2849. G.— —Henriette.
2809. G.—Clémentine-sans-ép.	2850. G.— —Pivoine.
2810. G.—	2851. G.— —Brique.
2811. G.—	2852. G.—Grandesse-Royale.
2812. G.—Diadème-de-Flore.	2853. G.—Grande-Berkame.
2813. G.—Dorothée.	2854. G.—Grand-Monarque.
2814. G.—Duc-de-Berry.	2855. G.— —Sultan.
2815. G.— —De-Guiche.	2856. G.— —Mogol.
2816. G.— —D'Angleterre.	2857. G.—Pompadour.
2817. G.— —De-Bordeaux.	2858. G.—Gorge-Pigeon.
2818. G.—Duchesse-d'Orléans.	2859. Gloriamondi-Rose.
2819. G.— —D'Angoulême.	2860. G.— —Pourpre.
2820. G.—Desfontaines.	2861. G.—Gros-Major.
2821. G.—Deuil-Impérial.	2861. A. G.—Graind'hor.
2822. G.—Délicieuse.	2862. G.—Grand-Pandillart.
2822. A. G.—	2863. G.— —Mahomet.
2823. G.—Delphine-Gay.	2864. G.— —Lilas.
2824. G.—	2865. G.—Grandidier.
2825. G.—Daubenton.	2866. G.—Georgina-Mars.
2826. G.—Duc-de-Boufflers.	2867. G.—Hervi.
2827. G.— —De-Chartres.	2867. A. G.—Henri IV.
2828. G.—Déesse-de-Flore.	2867. B. G.—Hécate.
2829. G.—	2868. G.—Belle-Hébé.
2830. G.—Élisa-d'Auteuil.	2869. G.—Holocericea.
2831. G.— —Desmet.	2870. G.—Hortensia.
2832. G.—Edembergia.	2871. G.—Hortense.
2833. G.—Emper.-des-Nègres.	2872. G.—Isabelle.
2834. G.—Enfant-de-France.	2873. G.—Incomp.-du-Luxemb.
2835. G.—Euphrosine.	2874. G.—L'Invincible.
2836. G.—Eucharis.	2875. G.—Infante.
2837. G.—Évêque.	2876. G.—Jeanne-d'Albret.
2838. G.—Fanny-Bias.	2877. G.—Joséphine.
2839. G.—Fatime.	2878. G.— —De-Saint-Cloud.
2840. G.—Faustine.	2879. G.—Junon.
2841. G.—Feu-Grenade.	2880. G.— —Plate.

2881. G.—Julie.
2882. G.—Lacherie.
2883. G.— —De Dôle.
2884. G.—Lavalette.
2885. G.—La-Pleine-Lune.
2886. G.—La-Princesse.
2887. G.—La-Méduse.
2888. G.—La-Tendresse.
2889. G.—L'Amoureuse.
2890. G.—L'Invincible.
2891. G.—L'Obscurité.
2892. G.—Louis XVIII.
2893. G.—L'Enchanteresse.
2894. G.—L'Abbé-Delille.
2895. G.—La-Planette.
2896. G.—Louis XVI.
2897. G.—La-Merveilleuse.
2898. G.—
2899. G.—Marais-de-Dôle.
2900. G.—Madame-de-Tressan.
2901. G.—Maculé-de-Dupont.
2902. G.—Maur-de-Virginie.
2903. G.—Marie-Antoinette.
2904. G.—
2905. G.—Manteau-Pourpre.
2906. G.—Marguerite-de-Valois.
2907. G.—Narcisse.
2908. G.—Néron.
2909. G.—Ney (maréchal).
2910. G.—Nina.
2911. G.—Ninon-de-l'Enclos.
2912. G.—Nora.
2913. G.—Naissance-de-Vénus.
2914. G.—Ombré-d'Auteuil.
2915. G.—Ornement-de-Parade.
2916. G.—Orphyse.
2917. G.—
2918. G.—Princesse-de-Salm.
2919. G.—Provin Panaché.
2920. G.— — —Nouveau.
2921. G.—Petite-Couronnée.
2922. G.—Perle-d'Orient.

2923. G.—Pomme-de-Grenade.
2924. G.—Prométhée.
2925. G.—Pronville.
2926. G.—Prince-de-Condé.
2927. G.— —Charle.
2928. G.— —Beauharnais.
2929. G.—Pourpre-de-Tyr.
2930. G.— —Sans-Épines.
2931. G.—Princesse-Marianne.
2932. G.—Philippine.
2933. G.—Rabelais.
2934. G.—Raucourt.
2935. G.—Reine-de-Golconde.
2936. G.—Roi-de-France.
2937. G.— —Des-Pays-Bas.
2938. G.— —De-Naples.
2939. G.—Roi-d'Angleterre.
2940. G.—Rouge-Ardoisée.
2941. G.—Roi-de-Bavière.
2942. G.—Rose-Bleue.
2943. G.—Reine-d'Angleterre.
2944. G.—Renoncule-Rose.
2945. G.— —Pourpre.
2946. G.—Sans-Pareille-Pourpre.
2947. G.— —Rouge.
2948. G.— — de-Hollande.
2949. G.—Sully.
2950. G.—Superbe-en-Brun.
2951. G.—
2952. G.—Talma.
2953. G.—Temple-d'Apollon.
2954. G.—Turban-Royal.
2955. G.—
2956. G.—Uniflore.
2957. G.—Virginie.
2958. G.—Valentine.
2959. G.—Volème.
2960. G.—Warrata.
2961. G.—Zabeth.
2962. G.—Zulmé.
2963. Carolina.
2964. C.—Scandens.

2965.
2966. Cinnamomea.
2967. Fraxinifolia.
2968. Corymbosa.
2969. Cor. Semi-Plena.
2970. Kamschatika.
2971. Ferox.
2972. Eglanteria.
2973. E.—Bicolor.
2974. Sulphurea.
2975. S.—Minor.
2976. Pimpinellifolia.
2977. P.—Jaune-Simple.
2978. P.— —Semidouble.
2979. P.—Blanche-Multiple.
2980. P.—Belle-Laure.
2981. P.— — —Double.
2982. P.—Pourpre-Double.
2983. P.—Aimable-Étrangère.
2984. P.—Zerbine.
2785. P.—Estelle (Hybride).
2985. A. P.—François-Matthieu.
2986. Rubrifolia.
2986. A. R.—Var.

SECTION IV. CANINÆ.

2987. Alpina.
2988. A.—Double.
2989. A.—Hyb. Calypso.
2990. A.— —Boursault.
2991. A.— — —Plein.
2992. A.—Amadis.
2993. A.—Vulgaris.
2994. A.—Hyb. Reversa.
2995. Canina.
2996. C.—Semiplena.
2997. C.—Variegata.
2998. Rubiginosa.
2999. R.—Semid.-F.-Hispide.
3000. R.— — —Glabres.
3001. R.—Petite-Hessoise.
3002. Tomentosa.

3003. Villosa.
3004. V.—Evratina.
3005. V.—Brevispina.
3006. V.—
3007. Centifolia.
3008. C.—Vulgaris.
3009. C.—Foliacea.
3010. C.—Carnea.
3011. C.—Mutabilis.
3012. C.—M.—Variegata.
3013. C.—Bullata.
3014. C.—Bipinnata.
3015. C.—Anemoneflora.
3016. C.—Quercifolia.
3017. C.—Crenata.
3018. C.—Caryophylla.
3019. C.—Minor.
3020. C.—Pomponia.
3021. C.—P.—Duplex.
3022. C.—Hollandica.
3023. C.—Prolifera.
3024. C.—Belgica.
3025. C.—Incarnata.
3026. C.—D'Auteuil.
3027. C.—Desmet.
3028. C.—Nouveau-Gain.
3029. C.—Gaufrée.
3030. C.—A-Feuilles-d'Orme.
3031. C.—Amé.
3032. C.—De-Chelle.
3033. C.—Grande-Berkame.
3034. C.—Waspendonck.
3035. C.—Cristata.
3036. C.—
3037. C.—
3038. Muscosa (simple).
3039. M.—Commune.
3040. M.—Éclatante.
3041. M.—Carné.
3042. M.—De-la-Flèche.
3043. M.—Pompon.
3044. M.—Blanche-Ancienne.

3045. M.— —Nouvelle.
3046. M.—Panaché.
3047. M.— à Feuilles-de-Sauge.
3048. M.—Zoé.
3049. M.—
3050. Belgica. Prevost.
3051. B.—Yorck-et-Lancastre.
3052. B.—Félicité.
3053. B.—Petite-Ernestine.
3054. B.—Roi-des-Pays-Bas.
3055. B.
3056. Portlandica.
3057. P.—Palmire.
3058. P.—Menstrualis.
3059. P.—Belle-Faber.
3060. P.—Rose-du-Roi.
3961. P.—Philippe-Premier.
3062. P.—Semidouble.
3063. P.—Preval (Rose.)
3064. P.—Bifère Blanche.
3065. P.— —Panaché.
3066. P.—Presque-Inerme.
3067. P.—A-Grandes-Fleurs.
3068. P.—La-Gracieuse.
3069. P.—Comtesse-de-Langeron.
3070. P.—Prince-de-Galles.
3071. P.—Triomphe-de-Rouen.
3072. P.—Émélie-Manger.
3073. P.—Pompon-IV-Saisons.
3074. P.—
3075. Damascena.
3076. D.—Argentée.
3077. D.—Cartier.
3078. D.—Du-Luxembourg.
3079. D.—Duc-de-Chartres.
3080. D.—Henri-Quatre.
3081. D.—Marie-Louise ?
3082. D.—Prométhée.
3083. D.—Rose-des-Princes.
3084. D.—Sanspareille-de-Holl.
3085. D.—D'Italie.
3086. D.—

3087. D.—Belle-Marie.
3088. D.—Agnès-Sorel ?
3089. D.—Casimir-Delavigne.
3090. D.—Ezilda.
3091. D.—Perle-d'Orient.
3092. C.—Belle-Auguste.
3093. D.—
3094. Alba.
3095. A.—Semidouble.
2096. A.—Double.
3097. A.—Blanc-Céleste.
3098. A.—Aimable-Félix.
3099. A.—Parvifolia.
3100. A.—Florine.
3101. A.—Victoria.
3102. A.—Jeanne-d'Arc.
3103. A.—Foliacée.
3104. A.—Camelia.
3105. A.—A-Feuilles-de-Chanvre.
3106. A.—P. Cuisse-de-Nymphe.
3107. A.—La Royale.
3108. A.—Belle-Thérèse.
3109. A.— —Aurore.
3110. A.— —Ségur.
3111. A.—Pauline.
3112. A.—Catelle.
3113. A.—Semonville.
3114. A.—Pomme-de-Grenade.
3115. A.—Amelia.
3116. A.—Camille-Bouland.
3117. A.—Sophie-de-Bavière.
3118. A.—A-Boutons-Verts.
3119. A.—La-Surprise.
3120. A.—Pompon-Bazart.
3121. A.—Gracilis.
3122. A.—Beauté-Tendre.
3123 A.—Caroline-Joli.
3124. A.—
3125. A.—Bouquet-Blanc.
3126. A.—
3127. A.—

ESPÈCES OMISES.

3128. Microphylla.
3129. Rubrifolia.
3130. Montezumæ.

RUBUS.

3131. Rosæfolius.
3132. Micranthus.
3133. Strigosus.
3134. Occidentalis.
3135. Idæus.
3136. I.—Carpella Alba.
3137. Laciniatus.
3138. Cœsius.
3139. C.—Variegatus.
3140. Corylifolius.
3141. Fruticosus.
3142. F.—Fl. Albo Pleno.
3143. F.—Fl. Rubro Pleno.
3144. F.—Inermis.
3145. Collinus.
3146. Cuneifolius.
3147. Villosus.
3148. Saxatilis.
3149. Pistillatus.
3150. Arcticus.
3151. Odoratus.
3152. Reflexus.
3153. Parviflorus.

FRAGARIA.

3154. Vesca.
3155. V.—Monophylla.
3156. V.—Multiplex.
3156. A. V.—De Plimouth.
3157. Majaufra.
3158. Breslingia.
3159. Elatior.
3160. Virginiana.
3161. Chilensis.
3162. Indica.

POTENTILLA.

3163. Fruticosa.
3164. Floribunda.
3165. Anserina.
3166. Pensylvanica.
3167. Argentea.
3168. Reptans.
3169. Verna.
3170. Thomasii.
3171. Atrosanguinea.
3172. Nepaulensis.
3173. Splendens.
3174. Fragaria.
3175. Tridentata.
3176. Taurica.
3176ₐ A. Siemersiana.

TORMENTILLA.

3177. Erecta.

GEUM.

3178. Urbanum.
3179. Coccineum.
3180. Macrophyllum.
3181. Montanum.
3181. A. Nutans.

COMARUM.

3182. Palustre.

CALICANTHUS.

3183. Floridus.
3184. Ferax.
3185. Nanus.
3186. Precox.
3186. A. P.—Grandiflora.

CL. XIII. POLYANDRIE

ORD. I. MONOGYNIE.

—

CAPPARIS.

3187. Spinosa.
3188. Longifolia.

3189. Saligna.

ACTÆA.

3190. Spicata.
3191. Racemosa.

PODOPHYLLUM.

3192. Peltatum.

SANGUINARIA.

3193. Canadensis.

CHELIDONIUM.

3194. Majus.
3195. M.—Fl. Pleno.
3196. Laciniatum.

GLAUCIUM.

3197. Flavum.
2198. Fulvum.
3199. Corniculatum.
3199. A. Persicum?

ROEMERIA.

3200. Hybrida

ESCHOLTIA.

3201. Californica.

PAPAVER.

3202. Hybridum.
3203. Argemone.
3204. Nudicaule.
3205. Rhaas.
3206. Dubium.
3207. Floribundum.
3208. Somniferum.
3209. S.—Nigrum.
3210. Setigerum.
3211. Caucasicum.
3212. Orientale.
3213. Bracteatum.

MECONOPSIS.

3214. Cambrica.

ARGEMONE.

3215. Mexicana.
3216. Grandiflora.

SARRACENIA.

3217. Purpurea.

NYMPHÆA.

3218. Lutea.
5219. Alba.

BIXA.

3220. Orellana.

SPARMANNIA.

3221. Africana.

GREWIA.

3222. Occidentalis.
3223. Orientalis.
3224. Tiliæfolia.
3224. A.

STEWARTIA.

3225. Malachodendron.

TILIA.

3226. Microphylla.
3227. M.—Laciniata.
3228. Rubra.
3229. Platiphylla.
3230. Glabra.
3231. Mississipiensis.
3232. Macrophylla.
3233. Pubescens.
3234. Heterophylla.
3235. Argentea.
3236. A.—Pendula.

CORCHORUS.

3237. Hirtus.

LUHEA.

3238. Speciosa.

BERRYA.

3239. Amonilla.

CLUSIA.

3240. Flava.

CALOPHYLLUM.

3241. Inophyllum?

MAMMEA.

3242. Americana.

XANTHOCHIMUS.

3243. Pictorius.

MENTZELIA.

3244. Hispida.

LAGERSTROEMIA.

3245. Indica.
3246. Reginæ.

THEA.

3247. Bohea.

TERNSTROEMIA.

3248. Meridionalis.

CITRUS.

3249. Medica.
3250. Limetta.
3251. Limonium.
3252. Aurantiacum.
3253. Vulgaris.
3254. Sinensis.
3255. Decumana.
3256. Histrix.
3257. Nobilis.

CISTUS.

3258. Vaginatus.
3259. Ledon.
3260. Ladaniferus.
3261. Salvifolius.
3262. Incanus.
3263. Monspeliensis.

HELIANTHEMUM.

3264. Vulgare.

3265. V.—Fl. Roseo.
3266. V.— — —Pleno.
3267. V.—Capreo Pleno.
3268. V.—Fl. Albo.
3268. A. V.—Luteo Pleno.
3269. Fumana.
3270. Guttatum.
3271. Lavendulæfolium.
3271. A. Algarviensis.
3271. B.

ORD. II. DIGYNIE.

BAUERA.

3272. Rubioïdes.

POEONIA.

3273. Montan.
3273. A. Papaveracea.
3274. Officinalis.
3275. O.—Rubra Plena.
3276. O.—Rosea Plena.
3277. O.—Alba Plena.
3278. Corallina.
3279. Albiflora.
3280. Hybrida.
3281. Tenuifolia.
3282. Villosa.
3283. Daurica.
3284. Edulis.
3285. Anomala.
3286.

FOTERGILLA.

3287. Alnifolia.

ORD. III. TRIGYNIE.

DELPHYNIUM.

3288. Ajacis.
3288. A. A.—Pl. Varietas.
3289. Consolida.

3289. A. C.—Pl. Var.
3290. Grandiflorum.
3291. Grand. Fl. Pleno.
3292. Elatum.
3293. Staphysagria.
3293. A. Puniceum.

ACONITUM.

3294. Pyrenaïcum.
3295. Barbatum.
3296. Napellus.
3297. N.—Flore Albo.
3298. Cammarum.
3299. Paniculatum.
3299. A. Wildenovii.
3299. B.

ORD. V. PENTAGYNIE.
—

AQUILEGIA.

3300. Vulgaris.
3301. V.—Calcarata Duplex.
3302. V.—Stellata Duplex.
3303. Sibirica.
3304. Alpina.
3305. Glandulosa.
3306. Canadensis.
3307. Viridiflora.
3308. Hybrida.
3309. Atropurpurea.

NIGELLA.

3310. Damascena.
3311. D.—Pygmea.
3312. Arvensis.
3313. Sativa.
3314. Orientalis.

HYPERICUM.

3315. Balearicum.
3316. Macrocarpum.
3317. Chinense.
3318. Calycinum.

3319. Richeri.
3320. Canariense.
3321. Elatum.
3322. Hirsinum.
3323. Prolificum.
3324. Quadrangulare.
3325. Perforatum.
3326. Humifusum.
3327. Montanum.
3328. Pulchrum.
3329. Coris.
3330. Empetrifolium.
3331. Ciliatum.
3332.

ANDROSOEMUM.

3333. Officinale.

ORD. VI. POLYGYNIE.
—

DILLENIA.

3334. Speciosa.

HIBBERTIA.

3335. Grossulariæfolia.
3336. Dentata.
3337. Volubilis.
3338.

ILLICIUM.

3339. Parviflorum.
3340. Floridanum.

LIRIODENDRON.

3341. Tulipifera.
3342. T.—Integrifolia.

MAGNOLIA.

3343. Grandiflora.
3344. G.—Precox.
3345. Glauca.
3346. Thompsoniana.
3347. Obovata.
3348. Gracilis.
3349. Acuminata.

3350. Maxima.
3351. Cordata.
3352. Tripetala.
3353. Macrophylla.
3354. Auriculata.
3355. Pyramidata.
3356. Yulan.
3357. Y.—Soulangiana.
3357. A. Y.—Speciosa.
3358. Fuscata.
3359. Annonæfolia.
3360. Pumila.

ANONA.

3361. Squamosa ?
3362. Cherimolia.
3363: Paludosa.
3364.

ASSIMINA.

3365. Triloba.

MICHELIA.

3366. Champaca.

ANEMONE.

3367. Vernalis.
3368. Halleri.
3369. Pusatilla.
3370. Alpina.
3371. Coronaria.
3372. Pavonina.
3373. Stellata.
3374. Appennina.
3375. Nemorosa.
3376. N.—Fl. Pleno.
3377. Ranunculoïdes.
3378. Sylvestris.
3379. Virginiana.
3380. Dichotoma.
3381. Narcissiflora.

HEPATICA.

3383. Triloba.
3384. T.—Cærulea Plena.

3385. T.—Rubra Simplex.
3386. T.— —Plena.
3387. T.—Alba Simplex.

ATRAGENE.

3388. Alpina.
3388. A. Sibirica.

CLEMATIS.

3389. Flamula.
3390. Erecta.
3391. Angustifolia.
3392. Orientalis.
3393. Glauca.
3394. Vitalba.
3395. Virginiana.
3396. Viorna.
3397. Cylindrica.
3398. Integrifolia.
3399. Florida.
3400. Viticella.
3401. V.—Rubra.
3402. V.—Plena.
3303. Revoluta.
3404. Aristata.
3405. Fragrans.
3406. Cirrhosa.
3407. Balearica.

THALICTRUM.

3408. Minus.
3409. Angustifolium.
3410. Aquilegifolium.
3411. Carolinianum.
3412. Flavum.
3413. Glaucum.
3413. A. Tuberosum.
3413. B.

KNOWTOLNIA.

3414. Rigida.

ADONIS.

3415. Annua.
3416. Vernalis.

FICARIA.

3417. Ranunculoïdes.

RANUNCULUS.

3418. Aquatilis.
3419. Peucedanifolius.
3420. Charophyllos.
3421. Millefoliatus.
3422. Asiaticus.
3423.
3424. Thora.
3425. Rutæfolius.
3426. Aconitifolius.
3427. A.—Fl. Pleno.
3428. Graminœus.
3429. Flamula.
3430. Auricomus.
3431. Cassubicus.
3432. Sceleratus.
3433. Acris.
3434. A.—Fl. Pleno.
3435. Lanuginosus.
3436. Tuberosus.
3437. Thomasii.
3438. Repens.
3439. R.—Fl. Pleno.
3440. Bulbosus.
3441. B.—Fl. Pleno.
3442. Arvensis.
3442. A.

TROLLIUS.

3443. Europœus.
3444. Asiaticus.
3445. Americanus.

HELLEBORUS.

3446. Niger.
3447. Viridis.
3448. Fœtidus.
3449. A. Purpurescens?

ERANTHIS.

3450. Hyemalis.

CALTHA.

3451. Palustris.
3452. P.—Fl. Pleno.
3453. P.—Major. Fl. Pleno.
3454. Radicans.

CL. XIV. DIDYNAMIE.

ORDRE I. GYMNOSPERMIE.

AJUGA.

3455. Pyramidalis.
3456. Reptans.

TEUCRIUM.

3457. Fruticans.
3458. Marum.
3459. Hyrcanicum.
3460. Abutiloïdes.
3461. Scorodonia.
3462. Betonicum.
3463. Massiliense.
3464. Lucidum.
3465. Flavum.
3466. Chamœdris.
3467. Pseudohyssopus.

SATUREÏA.

3468. Montana.
3469. Hortensis.

HYSSOPUS.

3470. Officinalis.
3471. O.—Fl. Rubro.
3472. O.—Fl. Albo.
3473. Angustifolius.
3474. Officinalis Latifolia.
3475. Discolor.

NEPETA.

3476. Cataria.
3477. Violacea.
3478. Melissæfolia.

LAVANDULA.
3479. Spica.
3480. Latifolia.
3481. Stœchas.
3482. Multifida.

SIDERITIS.
3483. Canariensis.
3484. Hissopifolia.
3485. Brutia.

BISTROPOGON.
3486. Canariensis.

MENTHA.
3487. Viridis.
3488. Piperita.
3489. Rotundifolia.
3490. R.—Fol. Variegatis.
3491. Crispa.
3492. Aquatica.
3493. Macrostachia.
3494. Pulegium.
3494. A.

XENOPOMA.
3495. Obovata.

GLECHOMA.
3496. Hederacea.

LAMIUM.
3497. Orvala.
3498. Garganicum.
3499. Maculatum.
3500. Album.
3501. Purpureum.
3502. Amplexicaule.

GOLEOBDOLON.
3503. Vulgare.

GALEOPSIS.
3504. Ladanum.
3505. Ochroleuca.

BETONICA.
3506. Officinalis.
3507. Orientalis.
3508. Grandiflora.

STACHIS.
3509. Sylvatica.
3510. Coccinea.
3511. Circinnata.
3512. Germanica.
3513. Palustris.
3514. Intermedia.
3515. Salviæfolia.
3516. Heraclea.
3517. Albida.
3518. Arenaria.
3519. Corsica.
3520. Recta.
3521. Annua.
3522. Arvensis.

MARRUBIUM.
3523. Vulgare.
3524. Astracanicum.
3525. Pseudodictamus.

BALLOTA.
3526. Nigra.
3527. Lanata.

LEONURUS.
3528. Crispus.
3529. Cardiaca.
3530. Sibiricus.

PHLOMIS.
3531. Fruticosa.
3532. F.—Latifolia.
3533. Italica.
3534. Laciniata.
3535. Tuberosa.
3536. Herbaventi.

LEUCAS.
3537. Leonurus.

MOLUCELLA.

3538. Lævis.
3539. Spinosa.
3540. Frutescens.

CLINOPODIUM.

3541. Vulgare.
3542. Incanum.

PICNANTHEMUM.

3543. Virginicum.

ORIGANUM.

3544. Ægyptiacum.
3545. Dictamus.
3546. Vulgare.
3547. Humile.
3548.

WESTERINGIA.

3549. Rosmarinifolia.

THYMUS.

3550. Serpillum.
3551. S.—Citriodorum.
3552. Vulgaris.
3553. V.—Variegata.

ACYNOS.

3554. Vulgaris.

MELISSA.

3555. Officinalis.
3556. O.—Hirsuta.
3557. Grandiflora.
3558. G.—Variegata.
3559. Calamenta.
3560. Nepeta.
3561. Cretica.

MELITTIS.

3562. Melisophyllum.

DRACOCEPHALUM.

3563. Virginicum.
3564. Canariense.

3565. Austriacum.
3566. Ruischiana.
3567. Moldavica.

OCYMUM.

3568. Basilicum.
3569. B.—Violaceum.
3570. B.—Fimbriatum.
3571. B.—Bullatum.
3572. Minimum.

PLECTRANTHUS.

3573. Fruticosus.
3574. Incanus.

SCUTELLARIA.

3575. Alpina.
3576. Galericulata.
3577. Rubicunda.
3578. Albida.
3579. Minor.
3579. Macrantha.

PRASIUM.

3580. Majus.

PROSTANTHERA.

3581. Lasianthos.

HORMINUM.

3582. Pirenaïcum.

ORDRE II. ANGIOSPERMIE.
—

VERBENA.

3583. Officinalis.
3584. Aubletia.
3585. Bonariensis.
3586. Prostrata.
3587. Pulchella.
3588. Chamœdrifolia.

ALOYSIA.

3589. Cidriodora.

STACHITARPHETA.

3590. Mutabilis.

11

3591. Jamaïcensis.
3592. Umbrosa?

STENOCHYLUS.

3593. Glaber.

LANTANA.

3594. Camara.
3595. Aculeata.
3596. Involucrata.
3597. Salviæfolia.
3598. Sellovii.
3599. Violacea.
3599. A.

DURANTA.

3600. Plumieri.
3600. A.

CITHAREXILUM.

3601. Villosum.
3602. Quadrangulare.

HOLMSKIOLDIA.

3603. Sanguinea.

VITEX.

3604. Agnus Castus.
3605. Incisa.
3606. Arborea.
3607. Trifolia.

MYOPORUM.

3608. Parvifolium.
3609. Tuberculatum.
3610. Ellepticum.

VOLKAMERIA.

3611. Inermis.
3612. Fragrans.
3612. A.

CLERODENDRUM.

3613. Viscosum.
3614. Siphonanthus.
3615. Hastatum.

SELAGO.

3616. Corymbosa.
3617. Fasciculata.

HEBENSTRETIA.

3618. Dentata.

ERINUS.

3619. Alpinus.
3619. A. Lychnidea.

EUPHRASIA.

3620. Officinalis.
3621. Odontites.

MANULEA.

3622. Oppositifolia.

RHINANTHUS.

3623. Crista Galli.
3624. Minor.
3625. Villosus.

MELAMPYRUM.

3626. Arvense.
3627. Vulgatum.

LINARIA.

3628. Cymbalaria.
3629. Pilosa.
3630. Spuria.
3631. Bipartita.
3632. Purpurea.
3633. Supina.
3634. Genistæfolia.
3635. Vulgaris.
3636. V.—Var. Pelosia.
3637. Minor.

ANTHIRRHINUM.

3638. Majus.
3639. M.—Bicolor.
3640. M.—Fl. Pleno.
3641. M.—Fl. Albo.
3642. Angustifolium.
3643. Orontium.

3644. Azarina.

MAURANDIA.

3645. Scandens.
3646. Barcleyana.
3647. Anthirrhiniflora.

LOPHOSPERMUM.

3647. A. Scandens.

SCROPHULARIA.

3648. Marylandica.
3649. Nodosa.
3650. Aquatica.
3651. Vernalis.
3652. Sambucifolia.

SCHISANTHUS.

3653. Pinnatus.

CELSIA.

3654. Heterophylla.
3655. Cretica.

HEMIMERIS.

3656. Urticæfolia.
3657. Linearis.
3657. A. Elegans.

DIGITALIS.

3658. Purpurea.
3659. P.—Var. Alba.
3660. Ochroleuca.
3661. Lutea.
3662. Ferruginea.
3663. Orientalis.
3664. Aurea.
3665. Obscura.
3666. Purpurascens.
3667. Micrantha.
3668. Lævigata.
3669. Fuscescens.
3670.

MIMULUS.

3671. Ringens.

3672. Glutinosus.
3673. Lutens.
3674. Guttatus.
3675. Andicola.
3676. Parviflorus.
3677. Moschatus.

HALLERIA.

3678. Lucida.

ACHIMENES.

3679. Coccinea.

BESLERIA.

3680. Melittifolia.
3680. A.

CAPRARIA.

3681. Biflora.

BROWALLIA.

3682. Elata.

ANGELONIA.

3683. Salicariæfolia.

BONTIA.

3684. Daphnoïdes.

BRUNSFELSIA.

3685. Americana.
3686. Violacea.

CRESCENTIA.

3687. Cujete.

CHELONE.

3688. Glabra.
3689. Obliqua.
3690. Lyony. Major.
3690. A. Latifolia.
3691. Speciosa.
3692. Barbata.

PENSTEMON.

3693. Pubescens.
3694. Lævigata.
3695. Campanulata.

3696. Angustifolium.
3697. Diffusum.
3698. Puchellum.
3698. A. Atropurpureum.
3699. Digitalis.
3700. Ovatum.

BIGNONIA.

3701. Unguis.
3702. Capreolata.
3703. Jasminifolia.
3704. Leucoxilon.
3705.

TECOMA.

3706. Æsculus.
3707. Pentaphylla.
3708. Capensis.
3709. Stans.
3710. Radicans.
3711. Grandiflora.
3612. Australis.

JACARANDA.

3713. Caroliniana.
3714. Mimosæfolia.

CATALPA.

3715. Syringifolia.

ECCREMOCARPUS.

3716. Scaber.

MARTYNIA.

3717. Proboscidea.
3717. A. Lutea.

GLOXINIA.

3718. Maculata.
3719. Speciosa.
3720. S.—Pallida.
3721. Caulescens.

GESNERIA.

3722. Tomentosa.
3723. Bulbosa.

3724. Elongata.
3724. A. Fruticosa.

STREPTOCARPUS.

3725. Rhexii.

SYNNINGIA.

3726. Helleri.

RUELLIA.

3727. Persicæfolia.
3728. Formosa.
3729. Sabinii.

BARLERIA.

3730. Flava.
3731. Alba.

ERANTHEMUM.

3732. Puchellum.
3733. Strictum.

CROSSANDRA.

3734. Undulæfolia.

THUMBERGIA.

3735. Fragrans.
3736. Alata.
3736. A.

ACANTHUS.

3737. Mollis.
3738. Spinosus.

OROBANCHE.

3739. Major.
3740. Caryophyllacea.

MELIANTHUS.

3741. Major.
3742. Minor.

C. XV. TETRADYNAMIE.

ORDRE I. SILICULEUSE.

CAMELINA.

3743. Sativa.

BUNIAS.

3744. Orientale.

CRAMBE.

3745. Maritima.

SENEBIERA.

3746. Coronopus.

COCHLEARIA.

3747. Officinalis.
3748. Armoracia.

IBERIS.

3749. Semperflorens.
3750. S.—Var. Variegata.
3751. Sempervirens.
3752. Umbellata.
3753. Amara.

HUTCHINSIA.

3754. Rotundifolia.

LEPIDIUM.

3755. Sativum.
3756. Latifolium.

TRESDALIA.

3757. Lepidium.

THLASPI.

3758. Arvense.
3759. Campestre.
3760. Perfoliatum.
3761. Bursa Pastoris.

DRABA.

3762. Verna.
3763. Aizoïdes.

ALYSSUM.

3764. Saxatile.
3765. Sinuatum.
3766. Deltoïdeum.

ISATIS.

3767. Tinctoria.

3768. Macrocarpa.

LUNARIA.

3769. Annua.
3770. Rediviva.

ORD. II. SILICULEUSE.

CARDAMINE.

3771. Pratensis.
3772. P.—Fl. Pleno.

SISYMBRICUM.

3773. Nasturtium.
3774. Vulgare.
3775. Palustre.
3776. Amphibium.
3777. Tenuifolium.
3778. Vimineum.
3779. Sophia.
3780. Irio.
3781. Strictissimum.

ERYSIMUM.

3782. Officinale.
3783. Barbacea.
3784. B.—Fl. Pleno.
3785. Alliaria.
3786. Precox.

CHEIRANTHUS.

3787. Cheiry.
3788. C.—V. Fulva Plena.
3789. C.—Aurea Plena.
3790. C.—Subviolacea Plena.
3791. C.——Fol. Variegat.
3792. Mutabilis.
3793. Incanus.
3794. Fenestralis.
3795. Annuus.
3796. Græcus.
3796. A. Tricuspidatus.

HESPERIS.

3797. Matronalis.

3798. M.—Alba Plena.
3799. M.—Violacea Plena.
3800. Bituminosa.
3801. Tristis.
3802. Maritima.

ARABIS.

3803. Alpina.
3804. Thaliana.
3805. Caucasica.
3806. Procurrens.
3807. Collina.

TURRITIS.

3808. Glabra.
3809. Hirsuta.

BRASSICA.

3810. Cheiranthos.
3811. Napus.
3812. Incana.
3813. Oleracea.
3814. Arvensis.

SINAPIS.

3815. Arvensis.
3816. Alba.
3817. Nigra.
3818.
3818. A.

RAPHANUS.

3819. Sativus.
3820. Niger.
3821. Raphanistrum.
3822. Landra.

C. XVI. MONADELPHIE.

ORDRE II. TRIANDRIE.

—

TAMARINDUS.

3823. Indica.

ORDRE III. PENTANDRIE.

—

LOBELIA.

3824. Triquetra.
3825. Longiflora.
3826. Cardinalis.
3827. Syphilitica.
3828. Fulgens.
3829. Surinamensis.
3830. Erinus.
3831. Cuneïfolia.
3832. Unidentata.
3833.
3833. A; Tupa?

LECHENAULTIA.

3834. Formosa.

ISOTOMA.

3835. Axilaris.

JASIONE.

3836. Montana.

HERMANNIA.

3837. Althæifolia.
3838. Denudata.
3839. Flammea.

MAHERNIA.

3840. Pinnata.
3841.

MELOCHIA.

3842. Pyramidata.

PASSIFLORA.

3843. Serratifolia.
3844. Quadrangularis.
3845. Alata.
3846. Brasiliana.
3847. Laurifolia.
3848.
3849. Rubra.
3850. Punctata.

3851. Minima.
3852. Gracilis.
3853. Glauca.
3854. Suberosa.
3855. Holocericea.
3856. Picturata.
3857. Chermesina.
3858. Fœtida.
3859. Incarnata.
3860. Edulis.
3861. Filamentosa.
3862. Racemosa.
3863. Cærulcoracemosa.
3864. Cærulea.
3865. Maculata.

MURUCUJA.

3866. Occellata.
3867. Herbertsiana.

ERODIUM.

3868. Moschatum.
3869. Pimpinellifolium.
3870. Hymenodes.
3871. Gussoni.
3872. Chamædrioïdes.
3873. Incarnatum.

ORDRE IV. HEPTANDRIE.

PELARGONIUM.

3874. Blattarium.
3875. Tricolor.
3876. Coriandrifolium.
3877. Tetragonum.
3878. Holocericeum.
3879. Carnosum.
3880. Acetosum.
3881. Hybridum.
3882. H.—Roseum.
3883. Zonale.
3884. Z.—Marginatum.
3885. Z.—Fl. Pleno.
3886. Z.—Fl. Albo.

3887. Z.—Violaceum.
3888. Fotergilly.
3889. Inquinans.
3890. Monstrum.
3891. Ribifolium.
3892. Odoratissimum.
3893. Tabulare.
3894. Alchemilloïdes.
3895. Inodorum.
3896. Abrotanifolium.
3897. Puchellum.
3898. Gibbosum.
3899. Triste.
3900. Ardens.
3901. Sanguineum.
3902. Ignescens.
3903. Colwillii.
3904. Fulgidum.
3905. Quinquevulnerum.
3906. Bicolor.
3907. Echinatum.
3908. Peltatum.
3909.
3910. P.—Variegatum.
3911. Scutatum.
3912. Diversifolium.
3913. Grandiflorum.
3914. G.—Formosum.
3915. Betulinum.
3916. Venustum.
3917. Baileyanum.
3918. Involucratum.
3919. Macranthon.
3920. Tomentosum.
3921. Papilionaceum.
3922. Cordatum.
3923. Cucullatum.
3924. Acerifolium.
3925. Formosissimum.
3926. Erubescens.
3927. E.—Major.
3928. Barigtoni.

3929. Solubile.
3930. Adulterinum.
3931. Semitrilobum.
3932. Vitifolium.
3933. Capitatum.
3934. Cosvilii.
3935. Rubescens.
3936. Tibitsianum.
3937. Daveyanum.
3938. Pavoninum.
3939. P.—Major.
3940. Eximium.
3941. Jenkinsoni.
3942. Tricuspidatum.
3943. Hermanniæfolium.
3944. Extipulatum.
3945. Quercifolium.
3946. Augustum.
3947. Jatrophæfolium.
3948. Gravæolens.
3949. Glutinosum.
3950. Radula.
3951. R.—Variegata.
3952. Majestuosum.
3953. Celestinum.
3954. Banisteri.
3955. Allevi.
3956. Grandidentatum.
3957. Rosinæ.
3958. Lineatum Roseum.
3959. Marrubium.
3960. Althæïfolium.
3961. Concolor.
3962. Nervosum.
3963. Concinnum.
3964. Dumosum.
3965. Acutilobum.
3966. Coruscans.
3967. Aurantiacum.
3968. Mirabile.
3969. Decorum.
3970. Reginæ.

3971. Deforme.
3972. Latilobum.
3973. Willesianum.
3973. A.
3973. B.
3973. C.

ORDRE V. OCTANDRIE.

AITONIA.

3974. Capensis.

ORDRE VI. DÉCANDRIE.

GERANIUM.

3975. Sanguineum.
3976. Tuberosum.
3977. Anemonæfolium.
3978. Macrorhizum.
3979. Phæum.
3980. Lividum.
3981. Reflexum.
3982. Striatum.
3983. Nodosum.
3984. Sylvaticum.
3985. Aconitifolium.
3986. Pratense.
3987. P.—Fl. Pleno.
3988. Incanum.
3989. Molle.
3990. Columbinum.
3991. Desectum.
3992. Rotundifolium.
3993. Pusillum.
3994. Robertianum.
3995.
3995. A.

ORDRE VII. OCTANDRIE.

ABROMA.

3996. Augusta.

MONSONIA.

3997. Lobata.

3998. Speciosa.

HELICTERES.

3999. Verbascifolia.

STERCULIA.

4000. Balanghas.
4001. Platanifolia.

KLEINHOVIA.

4002. Hospita.

PENTAPETES.

4003. Phœnicea.

PTEROSPERMUM.

4004. Suberifolium.
4005. Acerifolium.
4005. A. Salicifolium.

ASTRAPÆA.

4006. Walitchii.

DOMBEYA.

4007. Reginæ.
4007. A.

ORDRE VIII. POLYANDRIE.
—

CAROLINEA.

4008. Insignis.
4009. Alba.

BOMBAX.

4010. Pentandrum.
4011. Serrata.

ADANSONIA.

4012. Digitata.

NAPOEA.

4013. Lævis.

SIDA.

4014. Carpinifolia.
4015. Arborea.
4016. Mollissima.
4017. Triloba.
4018. Pulchella.

4019. Gigantea.

PERIPTERA.

4020. Punicea.

ANODA.

4021. Hastata.

ALTHÆA.

4022. Officinalis.
4023. Cannabina.
4024. Hirsuta.
4025. Rosea.
4026. R.—Varietas.
4027. Sinensis.

MALVA.

4028. Americana.
4029. Angustifolia.
4030. Umbellata.
4031. Abutiloïdes.
4032. Fragrans.
4033. Capensis.
4034. Miniata.
4035. Rotundifolia.
4036. Silvestris.
4037. Mauritiana.
4038. Crispa.
4039. Alcea.
4040. Moschata.
4041. Vitifolia.

LAVATERA.

4042. Trimestris.
4043. Olbia.
4044. Unguiculata.
4045. Acerifolia.
4046. Arborea.
4047. Emarginata.

MALOPE.

4048. Trifida.

KITAIBELIA.

4049. Vitifolia.

12

URENA.

4050. Sinuata.

GOSSIPIUM.

4051. Herbaceum.
4052. Micranthum.

HYBISCUS.

4053. Liliflorus.
4054. Pedonculatus.
4055. Manihot.
4056. Rosasinensis.
4057. R.—Rubro Pleno.
4058. R.—Fulvo Pleno.
4059. R.—Variegata Plena.
4060. R.—Luteo Pleno.
4061. Syriacus.
4062. S.—Rubro Pleno.
4063. S.—Alba Plena.
4064. S.—Variegata Fl. Pl.
4064. A. S.—Purpureo Pleno.
4064. B. S.—
4065. S.—Foliis Variegatis.
4066. S.—
4067. Heterophyllus.
4068. Esculentus.
4069. Palustris.
4070. Militaris.
4071. Speciosus.
4072. Mutabilis.
4073. Trionum.
4074. Macrophyllus.
4075. Populneus.
4076. Tiliaceus.

LAGUNEA.

4077. Squammata.

MALVAVISCUS.

4078. Arboreus.
4079. Mollis.

PAVONIA.

4080. Premorsa.

4081. Spinifex.

GORDONIA.

4082. Lasianthus.
4083. Pubescens.

MALACHODENDRUM.

4084. Ovatum.

ACASIA.

4085. Dolabriforme.
4086. Paradoxa.
4087. Armata.
4088. Janiperina.
4089. Stricta.
4090. Dodoneïfolia.
4091. Alata.
4092. Prostrata.
4093. Suaveolens.
4094. Linifolia.
4095. Semperflorens.
4096. Verticillata.
4097. Floribunda.
4098. Longifolia.
4099. Sophoræ.
4100. Lophanta.
4101. Cornigera.
4102. Horrida.
4103. Farnesiana.
4104. Acanthocarpa.
4105. Lebbeck.
4106. Leucocephala.
4107. Discolor.
4108. Julibrizin.
4109. Portoricensis.
4110.
4110. A.

DESMANTHUS.

4111. Virgatus.

INGA.

4112. Punctata.

MIMOSA.

4113. Sensitiva.
4114. Pudica.

CL. XVII. DIADELPHIE.

ORDRE I. PENTANDRIE.

DALEA.

4115. Purpurea.

ORDRE II. HEXANDRIE.

DICLITRA.

4116. Formosa.

ADLUMIA.

4117. Cirrhosa.

CORYDALIS.

4118. Tuberosa.
4119. Bulbosa.
4119. A.
4120. Nobilis.
4121. Glauca.
4122. Lutea.
4122. A. Fungosa.

FUMARIA.

4123. Officinalis.
4124. Media.
4125. Parviflora.

ORDRE III. OCTANDRIE.

POLIGALA.

4126. Cordifolia.
4127. Mirthifolia.
4128. Speciosa.
4129. Bracteolata.
4130. Vulgaris.
4131. Chamæbuxus.

MURALTIA:

4132. Heisteria.
4133. Mixta.

ORDRE IV. DÉCANDRIE.

PLATICHILUM.

4134. Celsianum.

PLATILOBIUM.

4135. Triangulare.

GOODIA.

4136. Lotifolia.
4137. Polysperma.

TEMPLETONIA.

4138. Retusa.

LIPARIA.

4139. Sphærica.

CROTALARIA.

4140. Purpurea.
4141. Arborea.

SPARTICUM.

4142. Junceum.

GENISTA.

4143. Radiata.
4144. Anglica.
4145. Monosperma.
4146. Æthnensis.
4147. Amxantica.
4148. Tinctoria.
4149. Sibirica.
4150. Sagittalis.
4151. Pilosa.
4152. Candicans.

CYTISUS.

4153. Albus.
4153. A. A.—Purpurascens.
4154. Laburnum.
4155. L.—Sessilifolium.
4156. L.—Incisum.

4157. Laburnum Aureostriatum.
4158. L.—Fl. Albo?
4159. L.—Adami. (Poiteau.)
4160. L.—Pendulum.
4161. Alpinus.
4161. A. A.—Serotinum.
4162. Nigricans.
4163. Sessilifolius.
4164. Triflorus.
4165. Scoparius.
4166. Spinosus.
4167. Leucanthus.
4168. Purpureus.
4169. Biflorus.
4170. Elongatus.
4171. Austriacus.
4172. Supinus.
4173. Hirsutus.
4173. A.

CAYANUS.

4173. B. Flavus.

ADENOCARPUS.

4174. Telonensis.
4175. Foliolosus.

ONONIS.

4176. Natrix.
4177. Ramosissima.
4178. Rotundifolia.
4179. Altissima.
4180. Arvensis.
4181. Spinosissima.

ANTHYLLIS.

4182. Cytisoïdes.
4183. Hermanniæ.
4184. Barba-Jovis.
4185. Vulneraria.

MEDICAGO.

4186. Circinata.
4187. Lupulina.
4188. Falcata.

4189. Arborea.
4190. Sativa.
4191. Maculata.
4192. Minima.

MELILOTUS.

4193. Officinalis.
4194. Cœrulea.

TRIFOLIUM.

4195. Ochroleucum.
4196. Repens.
4196. A. Arvensis.
4197. Pratense.
4198. Fragiferum.
4199. Agrarium.

DORICNIUM.

4200. Rectum.
4201. Suffruticosum.

LOTUS.

4202. Jacobœus.
4203. Corniculatus.
4204. Tenuifolius.
4205. Altissimus.
4205. A. Varians.

TETRAGONOLOBUS.

4206. Purpureus.
4207. Siliquosus.

PSORALEA.

4208. Odoratissima.
4209. Pinnata.
4210. Verrucosa.
4211. Aphylla.
4212. Bracteata.
4213. Palestina.
4214. Bituminosa.
4215. Glandulosa.
2216.

INDIGOFERA.

4217. Filifolia.
4218. Tinctoria.

4219. Atropurpurea.
4220. Australis.
4221. Procumbens.
4222. Cytisoïdes.
4222. A.

CLITORIA.

4223. Ternatea.

GLYCYRRHIZA.

4224. Glabra.
4225. Echinata.

GALEGA.

4226. Officinalis.
4227. O.—Cærulescens.
4228. Orientalis.

TEPHROSIA.

4229. Grandiflora.
4230. Appolinea.

AMORPHA.

4231. Fruticosa.
4232. Glabra.
4233. Ludwigii.
4233. A. Emarginata.

ROBINIA.

4234. Pseudoacrisia.
4235. P.—Inermis.
4236. P.—Umbraculifera.
4237. P.—Crispa.
5238. P.—Tortuosa.
4239. P.—Sophoræfolia.
4240. P.—Monstruosa.
4241. P.—Pendula.
4242. P.—Mitis.
4242. A. P.—Mirthifolia.
4243. Dubia.
4244. Hispida.
4245. H.—Macrophylla.
4246. H.—Arborea.

CARAGANA.

4247. Altagana.

4248. Arborescens.
4249. Chamlagu.
4250. Frutescens.
4251. Grandiflora.
4252. Pygmea.
5253. Spinosa.
4254. Jubata.

HALIMODENDRON.

4255. Argenteum.

CALOPHACA.

4256. Wolgarica.

COLUTEA.

4257. Arborescens.
4258. Media.
4259. Cruenta.
4260. Pocokii.
4261.

SWAINSONIA.

4262. Galegifolia.

SUTHERLANDIA.

4263. Frutescens.

ASTRAGALUS.

4264. Glycyphyllos.
4265. Cicer.
4266. Canadensis.
4267. Alopecuroïdes.
4268. Virescens.
4268. A.

SCORPIURUS.

4269. Sulcatus.
4270. Vermiculatus.

CORONILLA.

4271. Emerus.
4272. Juncea.
4273. Stipularis.
4274. Glauca.
4275. Minima.
4276. Montana.

4277. Varia.

HIPPOCREPIS.

4278. Comosa.

ORNITHOPUS.

4279. Perpusillus.

LOUREA.

4280. Vespertilionis.

DESMODIUM.

4281. Gyrans.
4282. Canadensis.

HEDYSARUM.

4283. Coronarium.

ONOBRICHIS.

4284. Sativa.
4285. Saxatilis.

EBENUS.

4286. Cretica.

CICER.

4287. Arietinum.

FABA.

4288. Vulgaris.
4289. V.—Major.
4290. V.—Minor.
4291. V.—Pumila.
4292. V.—Purpurea.

VICIA.

4293. Sativa.
4294. Segetalis.
4295. Sepium.
4296. Cracca.

ERVUM.

4297. Lens.
4298. Hirsutum.
4299. Tetraspermum.
4300. Tenuissimum.

PISUM.

4301. Sativum.

4302. S.—Umbellatum.
4303. S.—Humile.
4304. S.—Viride.
4305. Arvense.

LATHYRUS.

4306. Sylvestris.
4307. Latifolius.
4308. L.—Fl. Albo.
4309. Pratensis.
4310. Tuberosus.
4311. Grandiflorus.
4312. Odoratus.
4313. O.—Roseus.
4314. O.—Albus.
4315. Tingitanus.
4316. Sativus.
4317. Aphaca.

OROBUS.

4318. Lathyroïdes.
4319. Vernus.
4320. Jordani.
4321. Niger.
4322. Tuberosus.
4323. Atropurpureus.
4324. Variegatus.

KENNEDIA.

4325. Rubicunda.
4326. Coccinea.
4327. Monophylla.
4328. Ovata.

SAGELIA.

4329. Bituminosa.

WISTERIA.

4330. Frutescens.
4331. Sinensis.

APIOS.

4332. Tuberosa.

PHASEOLUS.

4333. Vulgaris.

4334. Caracolla.
4335. Nanus.
4336. Multiflorus.
4337. Compressus.
4338. Tumidus.
4339. Sphæricus.
4340. Lunatus.

SOJA.
4341. Hispida.

DOLICHOS.
4342. Lignosus.
4343. Sesquipedalis.
4344. Lablab.

DIOCLEA.
4345. Glycinoïdes.

MUCUNA.
4346. Prariens.

CAYANNUS.
4247. Flavus.

LUPINUS.
4348. Hirsutus.
4349. Albus.
4350. Varius.
4351. Augustifolius.
4352. Luteus.
4354. Perennis.
4355. Nootkatensis.
4356. Arboreus.
4357. Mutabilis.
4358. Polyphyllus.

ERYTHRYNA.
4359. Herbacea.
4360. Corrallodendrum.
4361. Crista-Galli.
4362. Caffra.
4363.

ECASTAPHYLLUM.
4364. Browneii.

ARACHIS.
4365. Hypogea.

ANDIRA.
4366. Racemosa.

CORMICHELIA.
4367. Australis.

C. XVIII. SYNGÉNÉSIE.

ORD. I. ÉGALE.

TRAGOPOGON.
4368. Pratense.
4369. Porrifolium.

ARNOPOGON.
4370. Dalechampii.

SCORSONERA.
4371. Hispanica.
4372. Humilis.

PODOSPERMUM.
4373. Laciniatum.
4374. Muricatum.

SONCHUS.
4375. Fruticosus.
4376. Pinnatus.
4377. Arvensis.
4378. Oleraceus.
4379. Asper.
4380. Palustris.
4381. Plumieri.
4382. Floridanus.

LACTUCA.
4383. Sativa.
4384. S.—Romana.
4385. S.—Crispa.
4386. S.—Quercifolia.
4387. Virosa.
4388. Saligna.
4389. Maculata.

4390. Perennis.

CHONDRILLA.

4391. Juncea.

PRENANTHES.

4392. Muralis.
4393. Alba.

TARAXACUM.

4394. Dens-Leonis.

APARGIA.

4395. Hastile.
4396. Automnale.

HYERACIUM.

4397. Aureum.
4398. Pilosella.
4399. Aurantiacum.
4400. Murorum.
4401. Umbellatum.

CREPIS.

4402. Diffusa.
4403. Biennis.

BARKAUSIA.

4404. Rubra.

TOLPIS.

4405. Barbata.

HYPOCHOERIS.

4406. Glabra.
4407. Radicata.

LAPSANA.

4408. Communis.

CATANANCHE.

4409. Cœrulea.
4409. A. C.—Alba.

CICORIUM.

4410. Intibuas.
4411. Indivia.
4412. J.—Crispa.

SCOLYMUS.

4413. Hispanicus.

CARTHAMUS.

4414. Tinctorius.
4415. Cœruleus.

CARLINA.

4416. Vulgaris.
4417. Sicula.

ARCTIUM.

4418. Lappa.

ONOPORDUM.

4419. Acanthium.
4419. A. Illiricum.

CINARA.

4420. Cardunculus.
4421. Scolymus.
4422. Horrida.

CARDUUS.

4423. Nutans.
4424. Tenuiflorus.
4425. Crispus.
4426. Marianus.

CIRCIUM.

4427. Lanceolatum.
4428. Eriophorum.
4429. Pratensis.
4430. Arvensis.
4431. Acaule.
4432. Cassabonæ.

SERRATULA.

4433. Tinctoria.
4434. Quinquefolia.
4435. Alata.

BIDENS.

4436. Tripartita.
4437. Cernua.
4438. Heterophylla.
4439. Crocata.

CACALIA.

4440. Anteuphorbium.
4441. Articulata.
4442. Kleinia.
4443. Ficoïdes.
4444. Repens.
4445. Salicina.
4446. Cordifolias.
4447. Suaveolens.
4448. Senecioïdes.
4449. Sagittata.

KLEINIA.

4450. Suffruticosa.

ETHULIA.

4451. Conyzoïdes.

EUPATORIUM.

4452. Melissoïdes.
4453. Altissimum.
4454. Cannabinum.
4455. Purpureum.
4456. Cœlestinum.
4457. Ageratoïdes.
4458. Aya-Pana.

AGERATUM.

4459. Cœlestinum.

STEWIA.

4460. Purpurea.
4461. Serrata.
4462. Ivæfolia.
4463. Eupatoria.
4464. Ovata.
4465. Salicifolia.

LIATRIS.

4466. Spicata.
4467. Squarrosa?
4468.
4469. Persicæfolia.

AMPHEREPHIS.

4470. Intermedia.

VERNONIA.

4471. Novæboracensis.
4472. Præalta.
4473. Senegalensis.

CHRYSOCOMA.

4474. Caumaurea.
4475. Linosiris.

TARCHONANTHUS.

4476. Camphoratus.

CALOMERIA.

4477. Amaranthoïdes.

SANTOLINA.

4478. Chamæcyparissias.
4479. Tomentosa.

ATHANASIA.

4480. Critmifolia.

BALSAMITA.

4481. Suaveolens.

ERYTHROLAENA.

4482. Conspicua.

CASSINIA.

4483. Aurea.
4483. A. Spectabilis.

AMMOBIUM.

4484. Alatum.

ORD. II. SUPERFLUE.

—

TANACETUM.

4485. Vulgare.
4486. V.—Crispum.

ARTEMISIA.

4487. Abrotanum.
4488. Arborescens.
4489. Campestris.
4490. Pontica.
4491. Absinthium.

4492. Vulgaris.
4493. Cœrulescens.
4494. Dracunculus.
4495. Chinensis.
4496. Mexicana.
4497. Argentea.
4497. A.

XERANTHEMUM.

4498. Annuum.

HELICHRYSUM.

4499. Chrysantum.
4500. Fulgidum.

GNAPHALIUM.

4501. Stœchas.
4502. Fœtidum.
4503. Cymosum.
4504. Orientale.
4505. Margaritaceum.
4506. Luteoalbum.
4507. Sylvaticum.
4507. A.

FILAGO.

4508. Arvensis.
4509. Germanica.
4510. Gallica.

BACCHARIS.

4511. Ivæfolia.
4512. Halimifolia.
4513. Angustifolia.

CONYZA.

4514. Squarrosa.
4515. Verbascifolia.

PSIADIA.

4516. Glutinosa.

ERIGERON.

4517. Canadense.
4518. Acre.
4518. A. Bellidifolium.

SENECIO.

4519. Vulgaris.
4520. Elegans.
4521. E.—Fl. Purpureo Pleno.
4522. E.—Fl Albo Pleno.
4522. A. E.—Fl. Pallida Pleno.
4523. Venustus.
4524. Lilacinus.
4525. Erucæfolius.
4526. Adonidifolius.
4527. Jacobœus.
4528. Aquaticus.
4529. Paludosus.
4530. Doria.
4531. Doronicum.
4532. Speciosus.
4533. Vernus.
4534. Coriaceus.
4535. Rigidus.
4535. A. Rupestris.

CINERARIA.

4536. Geïfolia.
4537. Aurita.
4538. Cruenta.
4539. Lanata.
4540. Lactea.
4541. Populifolia.
4542. Amelloïdes.
4543. Petasites.
4544. Bicolor.
4545. Maritima.

KAULFUSIA.

4546. Amelloïdes.

ASTER.

4547. Tomentosus.
4548. Argophyllus.
4549. Lyratus.
4550. Carolinianus.
4551. Fruticulosus.
4552. Filifolius.

4553. Chrysanthemifolius.
4554. Sericeus.
4555. Lithospermifolius.
4556. Linifolius.
4557. Acris.
4558. Trinervis.
4559. Dracunculoïdes.
4560. Punctatus.
4561. Canus.
4562. Alpinus.
4563. A.—Fl. Albo.
4564. Pyrenœus.
4565. Incisus.
4566. Amellus.
4567. Amelloïdes ?
4568. Tripolium.
4569. Æstivus.
4570. Amplexicaulis.
4571. Adulterinus.
4572. Patulus.
4573. Novæangliæ.
4574. Roseus.
4575. Rubricaulis.
4576. Tardiflorus.
4577. Lævigatus.
4578. Longifolius.
4579. Amœnus.
4580. Novi-Belgii.
4581. Confertus.
4582. Versicolor.
4583. Floribundus.
4584. Spectabilis.
4585. Salignus.
4586. Simplex.
4587. Mutabilis.
4588. Leucanthemus.
4589. Bellidifolius.
4590. Laxus.
4591. Lanceolatus.
4592. Grandiflorus.
4593. Fragilis.
4594. Tenuifolius.

4595. Rigidus.
4596. Multiflorus.
4597. Vimineus.
4598. Subulatus.
4599. Umbellatus.
4600. Cordifolius.
4601. Amygdalinus.
4602. Miser.
4603. Paniculatus.
4604. Heterophyllus.
4605. Corymbosus.
4606. Latifolius.
4607. Macrophyllus.
4608. Linarifolius.
4609. Horizontalis.
4610. Conysoïdes.
4611. Marylandicus.
4612. Hissopifolius.
4613. Surculosus.
4614.
4615.
4616. Sinensis.

SOLIDAGO.

4617. Sempervirens.
4618. Canadensis.
4619. Glabra.
4620. Nutans.
4621. Procera.
4622. Aspera.
4623. Multiflora.
4624. Mexicana.
4625. Flexicaulis.
4626. Alpestris.
4627. Virga-Aurea.
4628. Minuta.
4629. Rigida.
4630. Nutans.
4631. Grandiflora.
3632.

INULA.

4633. Helenium.

4634. Verbascifolia.
4635. Oculus-Christi.
4636. Britannica.
4637. Dissanterica.
4638. Pulicaria.
4639. Salicina.
4640. Chrytmoïdes.
4641.

MUTISIA.
4642. Speciosa.

DORONICUM.
4643. Plantagineum.
4644. Caucasicum.
4645. Arnica.

TUSSILAGO.
4646. Anandria.
4647. Alpina.
4648. Farfara.
4649 Alba.
4650. Petasites.
4651. Fragrans.

CHAPTALIA.
4652. Tomentosa.

RHELANIA:
4653. Pungens.
4654.

DAHLIA.
4655. Superflua.
4656. S.—Var. 120.

ZINNIA.
4657. Multiflora.
4658. Verticillata.
4659. Grandiflora.
4660. Revoluta.
4661. Violacea.

TAGETES.
4662 Lucida.
4663. Patula.

4664. Erecta.
4665. E.—Minor.

BELLIS.
4666. Perennis.
4667. P.—Var. Fl. Pleno.
4668. Sylvestris.
4669.

CHRYSANTHEMUM.
4670. Leucanthemum.
4671. Serotinum.
4672. Pulverulentum.
4673. Corymbosum.
4674. Præaltum.
4675. Inodorum.
4676. Carinatum.
4677. Coronarium.
4678. Segetum.
4679. Viscosum.
4680. Frutescens.
4681. Pinnatifidum.
4681. A. Pinnatifidum.

MATRICARIA.
4682. Parthenium.
4683. Parthenioïdes.

BOLTONIA.
4684. Glastifolia.
4685. Asteroïdes.

ANTHEMIS.
4687. Nobilis.
4688. Arvensis.
4689. Cotula.
4690. Austriaca.
4691. Rigescens.
4692. Tomentosa.
4693. Globosa.
4694. Tinctoria.
4695. Triloba.
4696. Grandiflora.

ACHILLEA.
4697. Ageratum.

4698. Egyptiaca.
4699. Filipendulina.
4700. Macrophylla.
4701. Sambucifolia.
4702. Dracunculoïdes.
4703. Ptarmica.
4704. P.—V. Fl. Pleno.
4705. Millefolium.
4706. M.—Fl. Roseo.
4707. Asplenifolia.
4708. Tomentosa.
4709.

PHAETUSA.

4710. Americana.

VERBESINA.

4711. Alata.
4712. Serrata.
4713. Virgata.

XIMENESIA.

4714. Encelioïdes.

BUPHTALMUM.

4715. Frutescens.
4716. Sericeum.
4717. Cordifolium.
4718. Grandiflorum.
4718. A. Spinescens.

HELENIUM.

4719. Automnale.
4720. Quadridentatum.

ORD. III. FRUSTRANÉE.

HELIANTHUS.

4721. Annuus.
4722. Indicus.
4723. Multiflorus.
4724. M.—Fl. Pleno.
4725. Tuberosus.
4726. Atrorubens.
4727. Giganteus.

4728. Decapetalus.
4729. Divaricatus.
4730. Pubescens.
4730. A.

GAILLARDIA.

4731. Rustica.
4731. A. Aristata.

TITHONIA.

4732. Tagetiflora.

RUDBECKIA.

4733. Laciniata.
4734. Pinnata.
4735. Aspera.
4736. Hirta.
4737. Purpurea.
4738. Amplexicaulis.

COSMOS.

4739. Bipinnata.

COREOPSIS.

4740. Verticillata.
4741. Triteris.
4742. Tenuifolia.
4743. Auriculata.
4744. Alternifolia.
4745. Tinctoria.

GAZANIA.

4746. Uniflora.
4747. Rigens.
4748. Pectinata.

BERKHEYA.

4749. Ciliaris.

ZOEGEA.

4750. Leptaurea.

CENTAUREA.

4751. Moschata.
4752. Suaveolens.
4753. Phrygia.
4754. Nigra.

14

3755. Nigrescens.
4756. Montana.
4757. Ochroleuca.
4758. Cyanus.
4759. Scabiosa.
4760. Macrocephala.
4761. Atropurpurea.
4762. Rhapontica.
4763. Conifera.
4764. Soltitialis.
4765. Calcitrapa.
4766. Myacantha.
4767.

ORD. IV. NÉCESSAIRE.

SYLPHIUM.

4768. Laciniatum.
4769. Compositum.
4770. Terebinthinaceum.
4771. Perfoliatum.
4772. Connatum.
4773. Trifoliatum.
4774. Ternatum.

CALENDULA.

4775. Arvensis.
4776. Officinalis.
4777. Hybrida.
4778. Pluvialis.
4779. Chrysanthemifolia.

ARCTOTIS.

4780. Grandiflora.
4781. Aspera.
4782. Dentata?

OSTEOSPERMUM.

4783. Moniliferum.
4784. Cœruleum.
4785. Spinescens.

OTHONNA.

4786. Cheirifolia.

4787. Pectinata.
4788. Coronopifolia.

HIPPIA.

4789. Frutescens.

ERIOCEPHALUS.

4790. Africanus.

PARTHENIUM.

4791. Integrifolium.

IVA.

4792. Frutescens.

ORD. V. SÉPARÉE.

ELEPHANTOPUS.

4793. Scaber.

ÆDERA.

4794. Prolifera.

ECHINOPS.

4795. Sphærocephalus.
4796. Ritro.

CL. XIX. GYNANDRIE.

ORD. I. DIANDRIE.

ORCHIS.

4797. Morio.
4798. Pyramidalis.
4799. Coriophora.
4800. Palustris.
4801. Ustulata.
4802. Militaris.
4803. Fusca.
4804. Tephrosanthos.
4805. Mimusops.
4806. Latifolia.
4807. Maculata.
4808. Hircina.
4808. A.

GYMNADENIA.

4809. Conopsea.

HABENARIA.

4810. Bifolia.

OPHRYS.

4811. Apifera.

GOODYERA.

4812. Discolor.

NEOTTIA.

4813. Speciosa.
4814. Elata.
4815. Spiralis.

EPIPACTIS.

4816. Latifolia.
4817. Palustris.
4818. Pallens.
4819. Nidus-Avis.

COLOPOGON.

4820. Puchellum.

BLETIA.

4821. Tankarvillæ.
4822. Verecunda.

CYMBIDIUM.

4823. Aloïfolium.

EPIDENDRUM.

4824. Cochleatum.
4825. Elongatum.

CALANTHE.

4826. Veratrifolia.

VANILLA.

4827. Aromatica.

CYPRIPEDIUM.

4828. Calceolus.
4829. Venustum.
4830. Insigne.

BRASSIA.

4830. A. Maculata.

ORD. III. HEXANDRIE.

ARISTOLOCHIA.

4831. Trilobata.
4832. Sipho.
4833. Pubera.
4834. Glauca.
4835. Altissima.
4836. Clematitis.
4837. Labiosa.

CL. X. MONOECIE.

ORD. I. MONANDRIE.

AMBROSINIA.

4838. Basii.

CHARA.

4839. Vulgaris.

ARTOCARPUS.

4840. Incisa.

CASUARINA.

4841. Equisetifolia.
4842. Stricta.
4843. Torulosa.
4844.

ORD. II. DIANDRIE.

LEMMA.

4845. Trisulca.
4846. Minor.

ORD. III. TRIANDRIE.

TIPHA.

4847. Latifolia.

4844. Angustifolia.

SPARGANIUM.

4849. Ramosum.
4850. Simplex.

ZEA.

4851. Mays.
4852. —Precox.
4853. —Hispida.

COIX.

4854. Lacryma.
4855. Arundinacea.

TRIPSACUM.

4856. Dactyloïdes.

CAREX.

4857. Intermedia.
4858. Ovalis.
4859. Vulpina.
4860. Muricata.
4861. Divulsa.
4862. Stellulata.
4863. Flava.
4864. Plantaginea.
4865. Triflora.
4866. Panicea.
4867. Sylvatica.
4868. Glauca.
4869. Cespitosa.
4870. Stricta.
4871. Acuta.
4872. Riparia.
4873. Hirta.
4874.

COMPTONIA.

4875. Asplenifolia.

HERNANDIA.

4876. Sonora.
4877. Ovigera.?

. ORD. IV. TÉTRANDRIE.

AUCUBA.

4878. Japonica.

ALNUS.

4879. Glutinosa.
4880. —Laciniata.
4881. —Oxiacanthifolia.
4882. Oblongata.
4883. Cordifolia.
4884. Serrulata.
4885. Latifolia.
4886. Subrotunda.

BUXUS.

4887. Sempervirens.
4888. —Angustifolia.
4889. —Alba Variegata.
4890. —Aurea Variegata.
4891. —Suffruticosa.
4891. A. Balearica.

PACHISANDRA.

4892. Procumbens.
4893. Coriacea.

URTICA.

4894. Urens.
4895. Dioïca.
4896. Canadensis.
4897. Nivea.

PARIETARIA.

4898. Officinalis.

BOEHMERIA.

4899. Arborea.
4899. A.

DORSTENIA.

4900. Contrayerva.
4901. Arifolia.

MORUS.

4902. Alba.
4903. —Nervosa.

4904. —Latifolia.
4905. Italica.
4906. Constantinopolitana.
4907. Multicaulis.
4908. Nigra.
4909. Rubra.
4910. Tartarica.

ORD. V. PENTANDRIE.

—

SCHISANDRA.
4911. Coccinea.

AMARANTHUS.
4912. Blitum.
4913. Paniculatus.
4914. Hybridus.
4915. Caudatus.
4916. Giganteus.
4917. Speciosus.
4918. Sanguineus.
4919. Tricolor.

ORD. VI. HEXANDRIE.

—

ELATA.
4920. Sylvestris.

COCOS.
4921. Nucifera.
4921. A. Ovata?

BACTRIS.
4922. Major.

ORD. VII. POLYANDRIE.

SAGITTARIA.
4923. Sagittifolia.
4924. Lancifolia.

BEGONIA.
4925. Nitida.
4926. Dichotoma.

4927. Macrophylla.
4928. Humilis.
4929. Hirsuta.
4930. Argyrostigma.
4931. Undulata.
4932. Sanguinea.
4933. Semperflorens.
3934. Incarnata.
4935. Martiana.
4936. Evansiana.
4937. A. Heraclæïfolia.

AYLANTHUS.
4938. Glandulosa.

POTERIUM.
4939. Sanguisorba.
4940. Polygamum.
4941. Spinosum.

JUGLANS.
4942. Regia.
4943. —Laciniata.
4944. —Serotina.
4945. —Macrocarpa.
4946. Hybrida.
4947. Nigra.
4948. Cinerea.
4949. Olivæformis.
4950. Amara.
4951. Aquatica.
4952. Alba.
4953. Compressa.
4954. Porcina.
4954. A. Laciniosa.

LEMONIERA. (Nob.)
4955. Alatata. Juglans.
4955. Perocarpa. (Persoon.)

QUERCUS.
4956. Phellos.
4957. Virens.
4958. Cinerea.
4959. Nepaulensis.

15

4960. Ballota.
4961. Ilex.
4962. —Var. 15 variétés.
4963. Suber.
4964. Coccifera.
4965. Præsina.
4966. Prinus.
4967. Montana.
4968. Bicolor.
4969. Aquatica.
4970. Nigra.
4971. Falcata.
4972. Tinctorisa.
4973. Discolor.
4974. Rubra.
4975. Coccinea.
4976. Palustris.
4977. Pseudosuber.
4978. Ægilopsifolia.
4979. Alba.
4980. Pedunculata.
4981. Thomassii.
4982. Brutia.
4983. Robur.
4984. Fastigiata.
4985. Pubescens.
4986. Stellata.
4987. Lyrata.
4988. Macrocarpa.
4989. Tauza.
4990. Cerris.
4991. Illicifolia.
4992. Turneri.
4993. Ambigua.
4994.
4995.

CORYLUS.

4996. Sylvestris.
4997. —Laciniata.
4998. —Rubra.
4999. Maxima.

5000. Tubulosa.
5001. Americana.
5002. Colurna.

FAGUS.

5003. Sylvatica.
5004. —Purpurea.
5005. —Cupræa.
5006. —Cristata.
5007. —Asplenifolia.
5008. —Pendula.
5009. —Variegata.
5010. Ferruginea.

CASTANEA.

5011. Vesca.
5012. —Heterophylla.
5012. A.—Variegata.
5013. Castanella.
5014. Pumila.

BETULA.

5015. Alba.
5016. —Laciniata.
5017. Pubescens.
5018. Populifolia.
5019. Excelsa.
5020. Nigra.
5021. Lenta.
5022. Rubra.
5023. Dalecarlica.
5024. Pumila.
5025. Fruticans.
5025. A. Nana.
5026. Bella.
5026. A.

CARPINUS.

5027. Betulus.
5028. —Incisus.
5029. —Variegatus.
5030. Orientalis.
5031. Americana.

OSTRYA.

5032. Vulgaris.
5033. Virginica.

PLATANUS.

5034. Orientalis.
5035. Occidentalis.

LIQUIDEMBAR.

5036. Styraciflua.
5037. Imberbe.

SALISBURIA.

5038. Adianthifolia.

ARUM.

5039. Crinitum.
5040. Pedatum.
5041. Dracontium.
5042.
5043. Maculatum.
5044. Italicum.
5045. Arisarum.
5046. Colocassia.
5047. Cordifolium.
5048. Tenuifolium.
5049. Trilobatum.
5050. Odorum.

CALADIUM.

5051. Brasiliense.
5052. Sagittæfolium.
5053. —Violaceum.
5054. Bicolor.
5055. Variegatum.
5056. Pinnatifidum.
5057. Lacerum.
5058. Seguinum.
5059. S.—Variegatum.
5060. Auritum.
5061. Trifoliatum.
5062.

CARYOTA.

5063. Urens.

5064. Mitis.

CARLUDOVICA.

5065. Subacaulis.

ORD. VIII. MONADELPHIE.

ARECA.

5066. Rubra.
5067. Catæchu.

BRADLEJA.

5068. Laurifolia.

PINUS.

5069. Sylvestris.
5070. —Fol. Variegatis.
5071. Maghus.
5072. Pumilio.
5073. Laricio.
5074. Calabra.
5075. Romaniæ.
5076. Pinaster.
5077. Maritima.
5078. Pinea.
5079. Halepensis.
5080. Brutia.
5081. Adunca.
5082. Inops.
5083. Resinosa.
5084. Mitis.
5085. Rigida.
5086. Tæda.
5087. Pungens.
5088. Palustris.
5089. Longifolia.
5090. Canariensis.
5091. Excelsa.
5092. Strobus.
5093. Cembræ.
5094.

LARIX.

5095. Cedrus.

5096. Europæus.
5097. Microcarpa.

ABIES.

5098. Taxifolia.
5099. Balsamea.
5100. Hudsonia.
5101. Pichta.
5102. Canadensis.
5103. Fraseri.
5104. Picea.
5105. Rubra.
5106. Nigra.
5107. Alba.
5107. A.—Nana.
5108. Clanbrasiliana.

BELIS.

5109. Jaculifolia.

THUYA.

5110. Orientalis.
5111. O.—Filiformis.
5112. Pyramidalis.
5113. Occidentalis.
5114. Sibirica.
5115. Tartarica.
5116. Articulata.
5117.

CUPERSUS.

5118. Sempervirens.
5119. S.—Var. Horizontalis.
5120. Orientalis.
5121. Pendula.
5122. Thuyoïdes.
5123. Australis.
5124. Juniperoïdes.

SCUBERTIA.

5125. Disticha.
5126. D.—Intermadia.
5127. Sinensis.
5128. Sempervirens.

PODOCARPUS.

5129. Elongata.
5130. Macrophylla.
5131. Neriifolia.

CROTON.

5132. Pictum.

ALEURITES.

5133. Ambinux.

JATROPHA.

5134. Gossipifolia.
5135. Panduræfolia.
5136. Curcas.
5137. Multifida.
5138. Manihot.
5139. Urens.

RICINUS.

5140. Communis.
5141. Inermis.

OMPHALEA.

5142. Triandra.

HURA.

5143. Crepitans.

STILLINGIA.

5144. Sebifera.

PHYLLANTHUS.

5145. Grandifolius.

XILOPHYLLA.

5146. Falcata.
5147. Angustifolia.
5148. Latifolia.

HERITIERA.

5149. Littoralis.

MOMORDICA.

5150. Balsamina.
5151. Elaterium.

CUCURBITA.

5152. Leucantha.

5153. Pepo.
5154. Melopepo.
5155. Citrulus.

CUCUMIS.
5156. Prophetarum.
5157. Melo.
5158. Sativus.
5159. Flexuosus.
5159. A. Dipsacens.

BRIONIA.
5160. Dioïca.
5161. Africana.

CL. XXI. DIOECIE.
ORDRE I. MONANDRIE.
—

PANDANUS.
5162. Sylvestris.
5163. Utilis.
5164. Bromeliæfolius.
5165. Amaryllifolius.

ORDRE II. DIANDRIE.
—

CECROPIA.
5166. Peltata.
5167. Palmata.
5168. Acuminata.

SALIX.
5169. Triandra.
5170. Amygdalina.
5174. Russeliana.
5175. Nigra.
5176. Pentandra.
5177. Nigricans.
5178. Discolor.
5179. Acutifolia.
5180. Vitellina.
5181. Babylonica.
5182. Polygama.

5183. Annullaris.
5184. Purpurea.
5185. Lambertiana.
5186. Rubra.
5187. Prunifolia.
5188. Lutea.
5189. Helix.
5190. Lapponum.
5191. Riparia.
5192. Viminalis.
5193. Aurita.
5194. —Variegata.
5195. Rufinervis.
5196. Capræa.
5197. Acuminata.
5198. Pedicellata.
5199. Sphacelata.
5200. Aquatica.
5201. Rosmarinifolia.
5202. Aglææ.
5203. Lanceolata.
5204. Lithuanica.
5205. Holocericea.
5206. Fragilis.
5207. Alba.
5208.
5209.
5210.

FRAXINUS.
5211. Excelsior.
5212. —Jaspidea.
5213. —Aurea.
5214. —Verrucosa.
5215. —Pendula.
6216. —Variegata.
5217. Nana.
5218. Atrovirens.
5219. Intermedia.
5220. Salicifolia.
5221. Simplicifolia.
5222. Oxicarpa.

5223. Parvifolia.
5224. Lentiscifolia.
5225. Nigrescens.
5226. Pallida.
5227. Americana.
5228. Juglandifolia.
5229. Pubescens.
5230. Longifolia.
5231. Sambucifolia.
5232. Quadrangulata.
5233. Platicarpa.
5234. Caroliniana.
5235. Lancea.
5236. Nigra.
5237. Cinerea.
5238. Viridis.
5239. Richardi.
5240. Ovata.
5241. Alba.
5242. Floribunda.
5243. Rubicunda.
5244. Pannosa.
5245. Elleptica.
5246.

BORJA.

5247. Ligustrina.
5248. Acuminata.

ORD. III. TRIANDRIE.

FICUS.

5249. Carica.
5250. Aquatica.
5251. Nymphæïfolia.
5252. Populifolia.
5253. Religiosa.
5254. Bengalensis.
5255. Citrifolia.
5256. Macrophylla.
5257. Crassinervia.
5258. Rubiginosa.

5259. Glaucophylla.
5260. Arbutifolia.
5261. Racemosa.
5262. Symphitifolia.
5263. Coronata.
5264. Elastica.
5265. Laurifolia.
5266. Ferruginea.
5267. Lutescens.
5268. Cerasiformis.
5269. Lichtenstenii.
5270. Rigida.
5271. Brasiliensis.
5272. Radicans.
5273. Cuspidata.
5274. Muntia.
5275. Fulva.
5276. Pumila.
5277. Phytolaccæfolia.
5278. Stipulata.
5279. Lirata.
5279. A.

EMPETRUM.

5280. Nigrum.

ORD. IV. TÉTRANDRIE.

BROUSSONETIA.

5281. Papyrifera
5282. —Fruct. Albo.
5283. —Cucullata.

MACLURA.

5284. Aurantiaca.

ANTHOSPERMUM.

5285. Æthiopicum.

VISCUM.

5286. Album.

HYPPOPHÆ.

5287. Rhamnoïdes.

5288. Canadensis.
5289. Argentea.

MYRICA.

5290. Gale.
5291. Cerifera.
5292. Caroliniensis.
5293. Serrata.
5294. Quercifolia.
5295. Cordifolia.

ORD. V. PENTANDRIE.

NYSSA.

5296. Aquatica.
5297. Angulisans.
5298. Villosa.
5299. Candicans.

PISTACIA.

5300. Trifoliata.
5301. Terebinthus.
5302. Lentiscus.

XANTHOXILUM.

5363. Fraxineum.

SECURINEGA.

5304. Nitida.

ANTIDESMA.

5305. Alexitaria.

SPINACIA.

5306. Oleracea.
5307. Lævis.
3308. Tetrandra.

CANNABIS.

5309. Sativa.

HUMULUS.

5310. Lupulus.

CERATONIA.

5311. Siliqua.

ORD. VI. HEXANDRIE.

TAMUS.

5312. Communis.

SMILAX.

5313. Aspera.
5314. Laurifolia.
5315. Mauritanica.

RAJANIA.

5316. Lobata.

DIOSCOREA.

5317. Bulbifera.

PHOENIX.

5318. Dactilifera.

GLEDITSCHIA.

5319. Triacanthos.
5320. Inermis.
5321. Sinensis.
5322. Macrocanthos.
5323. Caspica.
5324. Monosperma.

ORD. VII. OCTANDRIE.

POPULUS.

5325. Alba.
5326. Nivea.
5327. Canescens.
5328. Tremula.
5329. Tremuloïdes.
5330. Græca.
5331. Grandidentata.
5332. Fastigiata.
5333. Nigra.
5334. Hudsonia.
5335. Virginiana.
5336. Canadensis.
5337. Medusia. (Cels.)
5338. Angulata.

5339. Ontariensis.
5340. Balsamifera.
5341. Candicans.
5342. Odorata.
5342. A.

DIOSPYROS.

5343. Lotus.
5344. Virginiana.
5345. Pubescens.
5346. Calicina.
5347. Angustifolia.
5348. Lucida.
5349. Kaki.
5350. Embriopteris.
5351.

RHODIOLA.

5352. Rosea.

ORD. VIII. ENNÉANDRIE.
—

MERCURIALIS.

5353. Perennis.
5354. Annua.
5355. —Ambigua.

TRIPLARIS.

5356. Americana.

ORD. IX. DÉCANDRIE.
—

CARICA.

5357. Papaya.
5358. Monoïca.

GYMNOCLADUS.

5359. Canadensis.

KIGELLARIA.

5360. Africana.
5361. Integrifolia.

SCHINUS.

5362. Molle.

CORYARIA.

5363. Myrthifolia.
5364. Sarmentosa.

ORD. X. DODÉCANDRIE.
—

DATISCA.

5365. Cannabina.

MENISPERMUM.

5365. Canadense.
5366. Virginicum.

ORD. XI. ICOSANDRIE.
—

FLACOURTIA.

5367. Ramoutchi.
5368. Cataphracta.

GELONIUM.

5369. Bifarium.

ORD. XII. POLYANDRIE.
—

CLIFFORTIA.

5370. Illicifolia.
5371. Tridentata.

CYCAS.

5372. Circinnalis.
5373. Revoluta.

ORD. XIII. MONADELPHIE.
—

LATANIA.

5374. Rubra.
5375. Borbonica.

ARAUCARIA.

5376. Dorubeyi Imbricata.
5377. Excelsa.
5378. Cuninghami.

JUNIPERUS.

5379. Communis.
5380. Suecica.
3581. Oxicedrus.
5382. Bermudiana.
5383. Virginiana.
5384. Chinensis.
5385. Macrocarpa.
5386. Phœnicea.
5387. Sabina.
5388. S.—Variegata.
5389. Prostrata.
5390. Excelsa. Audibert.
5391.

TAXUS.

5392. Baccata.
5393. Hybernica.

EPHEDRA.

5394. Distachia.
5395. Altissima.

LOUREIRA.

5396. Cuneifolia.

ADELIA.

5397. Acidoton.

RUSCUS.

5398. Aculeatus.
5399. Hyppophyllum.
5400. Racemosus.

CLUYTIA.

5401. Alaternoïdes.
5402. Pulchella.
5402. A.

C. XXII. CRYPTOGAMIE.

ORD. I. FOUGÈRES.

—

ORMUNDA.

5403. Regalis.

ACROSTICHUM.

5404. Aureum.
5405. Alcicorne.

CETERACH.

5406. Officinarum.

POLYPODIUM.

5407. Crassifolium.
5408. Aureum.
5409. Vulgare.
5410. Cambricum.
5411. Driopteris.
5412. Calcareum.

ASPIDIUM.

5413. Pectinatum.
5414. Felix Mas.
5415. Felix Fœmina.
5416. Bulbiferum.
5417. Fragile.
5418. Aculeatum.

ONOCLEA.

5419. Sensibilis.

STRUTHIOPTHERIS.

5420. Germanica.

ASPLENIUM.

5421. Septentrionale.
5422. Breynii.
5423. Trichomanes.
5424. Ruta Muraria.
5425. Adianthum Nigrum.

SCOLOPENDRIUM.

5426. Officinale.
5427. O.—Crispum.

BLECHNUM.

5428. Occidentale.
5429. Boreale.

WOODVARDIA.

5430. Radicans.

PTERIS.

5431. Aquilina.
5432. Arguta.
5433. Serrulata.
5434. Cretica.
5435. Longifolia.

CHELIANTHES.

5436. Lendigera.
5436. A.

ADIANTUM.

5437. Pedatum.
5438. Capillus Veneris.

DAVALLIA.

5439. Canariensis.
5439. A.

ANEIMIA.

5440. Laciniata.

ORD. III. ÉQUISETACÉES.
—

EQUISETUM.

5441. Arvense.
5442. Palustre.
5443. Sylvaticum.

ORD. IV. LICOPODIACÉES.
—

LYCOPODIUM.

5444. Clavatum.
5445. Denticulatum.
5446. Brasiliense.
5446. A.

PSILOTUM.

5447. Triquetrum.

ORD. V. MOUSSES.
—

HYPNUM.

5448. Cuspidatum.

LESKEA.

5449. Sericea.

BRYUM.

5450. Argenteum.

ORTHOTRICUM.

5451. Anomalum.

POLYTRICHUM.

5452. Commune.

TORTULA.

5453. Muralis.

DICRANUM.

5454. Scoparium.

FUNARIA.

5455. Hygrometrica.

GYMNOSTOMUM.

5456. Truncatulum.

PHASCUM.

5457. Acaulon.

ORD. VI. ÉPATIQUES.
—

JUNGERMANNIA

5458. Epiphyllum.

MARCHANTIA.

5459. Polymorpha.

ORD. VII. LICHENÉES.
—

SCYPHOPHORUS.

5460. Cocciferus.

CLADONIA.

5461. Rangiferina.

USNEA.

5462. Florida.

PELTIGERA.

5463. Canina.

PHYSCIA.

: 5464. Chrysoptalma.

IMBRICARIA.

. 5565. Parietina.

COLLEMA.

! 5466. Granosum.

PATELLARIA.

: 5467. Corticola.

VARIOLARIA.

! 5468. Communis.

LEPRA.

:' 5469. Antiquitatis.

ORD. VIII. HYPOXILONS.

—

VERRUCARIA.

! 5470. Punctiformis.

OPEGRAPHA.

! 5471. Scripta.

HYPODERMA.

! 5472. Pinastri.

XILOMA.

! 5473. Acerinum.

SPHOERIA.

! 5474. Laburni.

HYPOXILON.

! 5475. Cornutum.

ORD. IX. TUBERCULAIRES.

—

TUBERCULARIA.

! 5476. Vulgaris.

SCLEROTIUM.

! 5477. Clavus.

ERYSIPHE.

! 5478. Fraxinii.

ORD. X. LYCOPERDONÉES.

—

TULOSTONA.

5479. Pedunculata.

GEASTRUM.

5480. Hygrometricum.

LYCOPERDON.

5481. Verrucosum.

RETICULARIA.

5482. Hortensis.

MUCOR.

5483. Mucedo.

ROESTELLIA.

5484. Cancellata.

ÆCIDDIM.

5485. Berberidis.

PUCCICINIA.

5486. Dianthi.

UREDO.

5487. Fabæ.

ORD. XI. CHAMPIGNONS.

—

MORCHELLA.

5488. Esculenta.

AGARICUS.

5489. Edulis.

MERULIUS.

5490. Cantharellus.

BOLETUS.

5491. Edulis.

HYDNUM.

5492. Auriscalpium.

AURICULARIA.

5493. Cœrulea.

CLAVARIA.

5494. Corralloïdes.

HELVELLA.

5495. Mitra.

TREMELLA.

5496. Glandulosa.

CYATHUS.

5497. Striatus.

PEZIZA.

5498. Auricula.

ERYNEUM.

5499. Accrimum.

BOTRYTIS.

5550. Dendroïdes.

BISSUS.

5501. Parietinus.

ORD. XII. ALGUES.

CONFERVA.

5502. Porticalis.

NOSTOCH.

5503. Commune.

BATRACHOSPERMUM.

5503. A. Hispidum.

ADDITIONS,
SUPPLÉMENT ET CORRECTIONS.

CL. II. ORD. I. MONOGYNIE.

JASMINUM.

45. A. Heteropyllum.

PIMELEA.

5504. Drupacea.
5505. Decussata.

CL. III. ORD. I. MONOGYNIE.

CROCUS.

177. A. Pusillus.

RENEALMIA.

255. A. Puchella.

CL. III. ORD. II. DIGYNIE.

PASPALUM.

5506. Stoloniferum.

STIPA.

5507. Pennata.

CL. IV. ORD. I. MONOGYNIE.

GLOBULARIA.

394. A. Bisnagarica.

CAMPHOROSMA.

5508. Monspeliaca.

CL. V. ORD. I. MONOGYNIE.

PRIMULA.

578. B. Verticillata.

NICOTIANA.

753. B. Glauca.

NICANDRA.

760. A. Anomala.

BREXIA.

5509. Spinosa.
5510. Madagascariensis.

CEANOTHUS.

862. B. Ovatus Roseus.

MANGIFERA.

5511. Indica.

POMADERIS.

5512. Apetala.

VIOLA.

931. Multifida.
931. C. Calcarata.

PSYCHOTRIA.

5513. Undulata.

CL. V. ORD. II. DIGYNIE.

ULMUS.

1034. A. Campes. Collina.

LECANOCARPUS.

5514. Nepaulensis.

CURSONIA.

1070. A. Thyrsiflora.

DIDISCUS.

1088. A. Cœruleus.

CL. V. ORD. III. TRIGYNIE.

TURNERA.

1191. A. Elegans.

17

CL. VI. ORD. I. MONOG.

—

TILLANDSIA.
1251. B. Exudans.
CRINUM.
1299. B. Minor.
1299. C. Hybridum.
ZEPHYRANTHES.
1308. B. Grandiflora.
ALSTROEMERIA.
1527. A. Spitacina.
TACCA.
1536. A. Pinnatifida.
CALAMUS.
1537. A. . . . . . ?
APHYLLANTHES.
5515. Monspeliensis.
CYANELLA.
5516. Capensis.

CL. VI. ORD. III. TRIGYNIE.

—

MELIANTUM.
1581. A. Junceum.
TRILLIUM.
1517. Sessile.
COLCHICUM.
1518. Automnale.
1519. —Flore Pleno.
1519. A.—Flore Albo.
1520. Variegatum.
MERANDERA.
1520. A. Bulbocodium.
SABAL.
1520. B. Adansoni.

CL. VII. ORD. I. MONOGYNIE.

—

CALLA.
1521. Æthiopica.
1521. A. Europœa.

CL. VIII. ORD. I. MONOGYNIE.

—

ÆNOTHERA.
1625. D. Media.
1525. E. Capensis.
ACER.
1671. A. Lobelii.
BUGUNVILLEA.
1671. A. Bracteata.

CL. X. ORD. I. MONOGYNIE.

—

DAÏS.
5522. Cotinifolia.
QUISQUALIS.
1852. A. Indica.

ORD. II. DIGYNIE.

—

CUNONIA.
1925. A. Capensis.
ROYENNA.
5523. Lucida.

ORD. V. PENTAGYNIE.

—

OXALIS.
2045. F.

CL. XII. ORD. I. MONOGYNIE.

—

MAMMILLARIA.
2145. C. Eryrcantha.
2145. D. Criniformis.
2145. E. Elegans.

2145. F. Triacantha.
2145. G. Elongata.
2145. H. Echinaria.
2145. I. Intertexta.

ECHINOCACTUS.

2146. C. Crispatus.
2146. D. Roseus.
2146. E. Multiplex.
2146. F. Cereïformis.
2146. G. Cornigerus.

CEREUS.

2163. G. Squamulosus.
2163. H. Hybridus. (Nobis).
2163. I. Jakinsonius.
2163. J. Akermani.
2163. K. Lœtus.
2163. L. Spinullosus.
2163. M. Miosuroïdes.
2163. N. Marginatus.

OPUNTIA.

2177. G. Alpina.
2177. H. Kleiniæ.
2177. I. Tunicata.
2177. J. Leucotrica.
2177. K. Missuriensis.
2177. L.

CL. XII. ORD. V. POLYGYNIE.

DRYAS.

5530. Octopetala.

CL. XIII. ORD. I. MONOGYNIE.

NYMPHOEA.

2319. A. Cœrulea.

ORD. VII. POLYGYNIE.

OBS. Les n° 3392 et 3393, Clematis Orientalis et Glauca sont la même plante.

C. XIV. OR. GYMNOSPERMIE.

PRUNELLA.

5531. Vulgaris.
5532. Grandiflora.
5533. Laciniata.

SALPIGLOSSIS.

3687. Atropurpurea.

C. XVI. MONADELPHIE.

ORD. I. DIANDRIE.

STYLIDIUM.

5534. Adnatum.

ORD. IV. PENTANDRIE.

CHEIROSTEMON.

5535. Platanoïdes.

ORD. IX. POLYANDRIE.

CAMELLIA.

5536. Japonica.
5537. —Rubra Plena.
5538. —Alba Plena.
5539. —Variegata Pl.
3540. Sasanqua.
5541. S.—Rubra Plena.
5541. A. Japon. Aglaæ.
5541. B. Naunettensis.
5541. C. Carolus.
5541. D.

THEA.

5542. Bohea.
5542. A. Viridis.

CL. XVII. DIADELPHIE.

ORD. III. DECANDRIE.

TRIGONELLA.

5543. Fenum Græcum.

CL. XVIII. SYNGÉNÉSIE.

ORD. I. ÉGALE.

HELMINTIA.

5544. Echioïdes.

ORD. II. SUPERFLUE.

PODOLEPIS.

5548. A. Gracilis.

ORD. IV. NÉCESSAIRE.

POLYMNIA.

5545. Avedalia.

CL. XX. MONOECIE.

ORD. III. HEXANDRIE.

RHAPIS.

5546. Flabelli Formis, même plante que Chamerops Exelsa.

CL. XXI. DIOECIE.

ORD. IV. TETRANDRIE.

BRUCEA.

5547. Ferruginea.

ORD. VII. OCTANDRIE.

EMBRIOPTHERIS.

5548. Glutinifera. Synom. De Diospyros Embriop.

TABLE ALPHABÉTIQUE

DES GENRES.

A.

Abies, 88.
Abroma, 68.
Acacia, 70.
Acanthus, 64.
Acer, 31 et 98.
Achillea, 80.
Achimenes, 63.
Achras, 16.
Achyranthes, 18.
Acmena, 42.
Aconitum, 57.
Acorus, 29.
Acrostichum, 93.
Actea, 55.
Acynos, 61.
Adansonia, 69.
Adelia, 93.
Adenanthera, 34.
Adenocarpus, 72.
Adiantum, 94.
Adlumia, 71.
Adonis, 58.
Adoxa, 33.
Æcidium, 93.
Ægopodium, 22.
Æsculus, 30.
Æthusa, 21.
Agapanthus, 25.
Agave, 28.
Agaricus, 95.
Ageratum, 77.
Agrimonia, 39.
Agrostemma, 38.
Agrostis, 6.

Aira, 6.
Aitonia, 68.
Ajuga, 59.
Albuca, 26.
Alchemilla, 10.
Aleurites, 88.
Alisma, 30.
Allamanda, 18.
Allium, 25.
Alnus, 84.
Aloe, 28.
Alopecurus, 6.
Aloysia, 61.
Alsine, 23.
Alstrœmeria, 28 voy. 98.
Althæa, 69.
Alyssum, 65.
Amaranthus, 85.
Amarylis, 25.
Ambrosinia, 83.
Amelanchier, 44.
Ammobium, 77.
Amomum, 1.
Amorpha, 73.
Ampherephis, 77.
Amsonia, 19.
Amygdalus, 42.
Amyris, 31.
Anacardium, 33.
Anagallis, 12.
Anagyris, 34.
Anchusa, 11.
Andira, 75.
Andromeda, 36.
Andropogon, 7.

Androsæmum , 57.
Anemia , 94.
Anemone , 58.
Anethum , 22.
Angelica , 21.
Angelonia , 63.
Anigozanthos , 24.
Acynos , 79.
Annona , 58.
Anoda , 69.
Anredera , 20.
Anthemis , 80.
Anthericum , 27.
Antholiza , 4.
Anthospermum , 90.
Anthoxanthum , 3.
Anthriscus , 21.
Anthyllis , 72.
Antidesma , 91.
Antirrhinum , 62.
Apargia , 76.
Aphanes , 10.
Aphyllanthes , 98.
Apicria , 28.
Apios , 74.
Apium , 22.
Apocynum , 19.
Aponogeton , 30.
Aquilegia , 57.
Arabis , 66.
Arachis , 75.
Aralia , 23.
Araucaria , 92.
Arbutus , 36.
Arctium , 76.
Arctotis , 82.
Ardisia , 15.
Arduina , 18.
Areca , 87.
Arenaria , 37.
Argemone , 55.
Aristea , 4.

Aristolochia , 83.
Aristotelia , 39.
Armeniaca , 42.
Arnopogon , 75.
Aronia , 44.
Artemisia , 77.
Artocarpus , 84.
Arthropodium , 27.
Arum , 87.
Arundo , 7.
Asarum , 39.
Asclepias , 19.
Asparagus , 27.
Asperula , 8.
Asphodelus , 26.
Aspidium , 93.
Asplenium , 93.
Assiminia , 58.
Aster , 78.
Astragalus , 73.
Astrantia , 21.
Astrapea , 69.
Athanasia , 77.
Atragene , 58.
Atraphaxis , 29.
Atriplex , 20.
Atropa , 15.
Aucuba , 84.
Aylanthus , 15.
Avena , 7.
Auricularia , 95.
Azalea , 14.

B.

Baccharis , 78.
Bactris , 85.
Bæobotrys , 12.
Backea , 42.
Ballota , 60.
Balsamita , 7.
Bambusa , 29.
Banisteria , 48.

Baubinia , 34.
Bancksia , 8.
Baptisia, 34.
Barchausia , 76.
Barleria , 64.
Bauera, 56.
Basella , 23.
Batrachospermum , 96.
Beaufortia , 42.
Beaumontia , 19.
Begonia , 84.
Belis , 88.
Bellis, 80.
Berberis, 29.
Berkleja , 81.
Berrya , 55.
Besleria , 63.
Beta , 20.
Betonica , 60.
Betula , 86.
Bidens , 76.
Bignonia , 64.
Billardiera , 17.
Bistropogon , 60.
Birsus , 96.
Bixa , 55.
Blackwellia , 40.
Blechnum , 93.
Bletia , 83.
Blitum , 1.
Bocconia , 39.
Bæhmeria , 84.
Boerhavia , 4.
Boletus , 95.
Boltonia , 80.
Bombax , 69.
Bomplandia , 13.
Bontia , 63.
Borrago , 11.
Boria , 90.
Bosea, 20.
Botritis , 96.

Bradleia , 87.
Brassia, 83.
Brassica , 66.
Brexia , 97.
Brixa , 7.
Bromelia , 24.
Bromus , 7.
Broussonetia , 90.
Browallia , 63.
Brucea , 100.
Brunia , 16.
Brunnichia , 33.
Brunsfelsia , 63.
Bryonia , 89.
Bryophyllum , 33.
Bryum , 94.
Bubon , 21.
Budleja , 9.
Bugenvillea , 98.
Bumelia , 16.
Bunias , 65.
Bunium , 21.
Bupthalmum , 81.
Buplevrum , 21.
Burchellia , 13.
Burgmansia , 14.
Butonus , 33.
Buxus , 84.

C.

Cacalia , 77.
Cadia , 35.
Cæsalpinia , 34.
Cajanus , 72.
Caladium , 87.
Calamagrostis , 6.
Calamus , 98.
Calanchoe , 33.
Calandrina , 39.
Calanthe , 83.
Calceolaria , 3.
Calendula , 82.

Calla , 98.
Callicarpa , 9.
Callistachys , 34.
Callitriche , 1.
Calomeria , 77.
Calophaca , 73.
Calopogon , 83.
Calophyllum , 56.
Calothamnus , 41.
Caltha , 59.
Calycanthus , 54.
Calystemon , 42.
Camelina , 64.
Camellia , 99.
Cameraria , 18.
Campanula , 13.
Camphorosma , 97.
Canarina , 29.
Canna , 1.
Cannabis , 91.
Cantua , 13.
Capparis , 54.
Capraria , 63.
Capsicum , 15.
Carapa , 31.
Caragana , 73.
Cardamine , 65.
Cardiospermum , 33.
Carduus , 76.
Carex , 84.
Carica , 92.
Carlina , 76.
Carludovica , 87.
Carmichælia , 97.
Carolinea , 69.
Carpinus , 86.
Carthamnus , 76.
Caryota , 87.
Cassia , 34.
Cossinia , 77.
Castanea, 86.
Cassuarina , 83.

Catananche , 76.
Catalpa , 64.
Caucalis , 21.
Ceanothus , 16 et 97.
Cecropia , 89.
Celastrus , 16.
Celosia , 18.
Celsia , 62.
Celtis , 20.
Centaurea , 81.
Centrenthus , 4.
Cephalanthus , 8.
Cerasus , 43.
Ceratonia , 91.
Ceratopetalum , 35.
Cerastium , 39.
Cerbera , 18.
Cercis , 34.
Cereus, 40 et 99.
Cerinthe , 11.
Cestrum , 15.
Ceterach , 93.
Chærophyllum , 21.
Chamærops , 30.
Chaptalia , 80.
Chara , 83.
Cheilanthus , 94.
Cheiranthus , 65.
Cheirostemon , 99.
Chelidonium , 55.
Chelone , 63.
Chenopodium , 20.
Chionanthus , 2.
Chironia , 19.
Chlora , 31.
Chlorophytum , 27.
Chondrilla , 76.
Chorizema , 34.
Chrysanthemum , 80.
Chrysocoma , 77.
Chrysophyllum , 16.
Chrysosplenium , 36.

Cicer, 74.
Cichorium, 76.
Cinara, 76.
Cinchona, 13.
Cineraria, 78.
Cinna, 1.
Circium, .
Cissus, 9.
Cistus, 56.
Citharexilum, 62.
Citrus, 56.
Cladonia, 94.
Clavaria, 96.
Claytonia, 17.
Clematis, 58 et 99.
Cleome, 29.
Clerodendron, 62.
Clethra, 36.
Clifortia, 92.
Clinopodium, 61.
Clitoria, 73.
Cloranthus, 10.
Clusia, 56.
Cluytia, 93.
Cneorum, 4.
Cobæa, 12.
Coccoloba, 33.
Coccocipsylum, 9.
Cochlearia, 65.
Cocos, 84.
Cædia, .
Coffea, 14.
Coix, 84.
Colchicum, 98.
Collema, 95.
Collinsonia, 3.
Colutea, 73.
Comarum, 54.
Combretum, 31.
Commelina, 5.
Comptonia, 84.
Conferva, 96.

Conium, 21.
Convallaria, 27.
Convolvulus, 12.
Conysa, 78.
Cookia, .
Corchorus, 55.
Cordia, 11.
Coreopsis, 81.
Coriandrum, 21
Coriaria, 92.
Cornus, 9.
Coronilla, 73.
Correa, 13.
Corrigiola, 23.
Corydalis, 71.
Corylus, 86.
Cosmos, 81.
Cotoneaster, 44.
Cotyledon, 38.
Crambe, 65.
Crassula, 23.
Cratægus, 43.
Crepis, 76.
Crescentia, 63.
Crinum, 25 et 98.
Crithmum, 21.
Crocus, 4 et 97.
Crossandra, 64.
Crotalaria, 71.
Croton, 88.
Crucianella, 8.
Cucubalus, 37.
Cucumis, 89.
Cucurbita, 88.
Cunonia, 98.
Cupressus, 88.
Cucurligo, 26.
Curcuma, 1.
Curtisia, 10.
Cuscuta, 19.
Cussonia, 97.
Cyanella, 98.

18

Cyathus, 98.
Cycas, 92.
Cyclamen, 11.
Cydonia, 45.
Cymbidium, 83.
Cynanchum, 19.
Cynodon, 6.
Cynoglossum, 11.
Cynosurus, 6.
Cyperus, 5.
Cypripedium, 83.
Cyrilla, 12.
Cyrtanthus, 25.
Cytisus, 71.

D.

Dactylis, 6.
Dahlia, 80.
Daïs, 98.
Dalea, 71.
Daphne, 32.
Datisca, 92.
Datura, 14.
Daucus, 21.
Davallia, 94.
Daviesia, 34.
Decumeria, 39.
Delphinium, 56.
Desmanthus, 70.
Desmochæta, 18.
Desmodium, 74.
Dianella, 27.
Dianthus, 37.
Dichorisandra, 24.
Diclitra, 71.
Dicranum, 94.
Dictamnus, 35.
Didiscus, 22 et 97.
Diervilla, 14.
Digitalis, 63.
Digitaria, 6.
Dillenia, 57.

Dioclea, 75.
Dioscorea, 91.
Diosma, 16.
Diospyros, 92.
Dipsacus, 8.
Dirca, 32.
Disandra, 30.
Dodecatheon, 11.
Dodonœa, 31.
Dolychos, 75.
Dombeya, 69.
Doronicum, 80.
Dorstenia, 84.
Dorycnium, 71.
Draba, 65.
Dracæna, 27.
Dracocephalum, 61.
Dryas, 99.
Duhamelia, 14.
Duranta, 62.

E.

Ebenus, 74.
Eccremocarpus, 64.
Echinocactus, 40 et 99.
Ecastaphyllum, 75.
Echinops, 83.
Echites, 19.
Echium, 11.
Edichium, 1.
Edwartia, 34.
Ehretia, 11.
Elæagnus, 10.
Elæodendron, 16.
Elata, 85.
Elephantopus, 82.
Elichrysum, 78.
Embriopteris, 100.
Empetrum, 90.
Epacris, 12.
Ephedra, 93.
Epidendrum, 83.

Epilobium , 31.
Epimedium , 9.
Epipactis , 83.
Equisetum , 94.
Eranthemum , 64.
Eranthes , 59.
Erica , 32.
Erigeron , 78.
Erineum , 96.
Erinus , 62.
Eriocephalus , 82.
Erithræa, 19.
Erodium , 67.
Ervum , 74.
Eryobotrya , 44.
Eryngium , 20.
Erysimum , 65.
Erysiphe , 95.
Erythrina , 75.
Erythrolæna , 77.
Erythronium , 26.
Escallonia, 15.
Escholtzia, 55.
Ethulia , 77.
Eucalyptus , 42.
Eucomis , 26.
Eugenia , 42.
Eupatorium , 77.
Euphorbia , 39.
Euphoria, 31.
Euphrasia, 62.
Eutaxia , 34.
Evonymus , 16.
Exacum , 9.

F.

Faba , 74.
Fabricia , 42.
Fagara , 9.
Fagelia , 74.
Fragaria, 54.

Fagus , 86.
Falkia , 19.
Fedia , 5.
Ferraria , 5.
Ferula , 21.
Festuca , 7.
Ficaria , 59.
Ficus , 90.
Filago , 78.
Flacourtia , 92.
Fontanesia, 2.
Fothergilla , 56.
Fraxinus , 89.
Fritillaria , 26.
Fuchsia , 31.
Fumaria , 71.
Funaria , 94.
Funkia , 29.

G.

Gaillardia , 81.
Galanthus , 24.
Galaxia , 4.
Galeja , 73.
Galeobdolon , 60.
Galeopsis , 60.
Galium , 8.
Gardenia , 13.
Garidella , 38.
Garuga , 35.
Gasteria , 28.
Gaultheria , 36.
Gaura , 31.
Gazania , 81.
Geastrum , 95.
Gelonium , 92.
Gelsemium , 18.
Genipa , 13.
Genista , 71.
Gentiana , 19.
Geranium , 68.
Gesneria , 63.

Geum, 54.
Gillenia, 45.
Gladiolus, 4.
Glaucium, 55
Glecoma, 60.
Gleditschia, 91.
Globa, 1.
Globularia, 8 et 97.
Gloriosa, 26.
Gloxinia, 64.
Glycomis, 35.
Glycyrrhiza, 73.
Gnafalium, 78.
Gnidia, 32.
Gomphalobium, 34.
Gomphræna, 18.
Gentiana, 19
Goodenia, 13
Goodia, 71.
Goodyera, 83.
Gordonia, 70.
Gossypium, 70.
Gouania, 16.
Grevillea, 8.
Grewia, 55.
Guilandina, 34.
Gymnocladus, 92.
Gymnadenia, 83.
Gymnostomum, 94.
Gypsophila, 37.

H.

Habenaria, 83.
Hæmanthus, 24.
Hakea, 8.
Halesia, 39.
Halimodendron, 73.
Halleria, 63.
Haloragis, 33.
Hamamelis, 10.
Haworlia, 28.
Hebenstrelia, 62.

Hedera, 17.
Hedysarum, 74.
Helenium, 81.
Helyanthemum, 56.
Helyanthus, 81.
Helichrysum, 78.
Heliconia, 18.
Helicteres, 69.
Heliotropium, 10.
Helleborus, 59.
Hellenia, 1.
Helmintia, 100.
Helonias, 30.
Helvella, 96.
Hemerocallis, 28.
Hemimeris, 63.
Hepatica, 58.
Heracleum, 21.
Heritiera, 88.
Hermannia, 66.
Hernandia, 84.
Herniaria, 20.
Hesperis, 65.
Heuchera, 19.
Hibiscus, 70.
Hibbertia, 57.
Hieracium, 78.
Hippia, 82.
Hippocrepis, 74.
Hippuris, 1.
Holcus, 6.
Holmskioldia, 62.
Holosteum, 7.
Hordeum, 7.
Horminum, 61.
Hortensia, 37.
Hottonia, 12.
Houstonia, 8.
Hovenia, 16.
Hoya, 19.
Humulus, 91.
Hura, 88.

Hutchinsia, 65.
Hyacinthus, 27.
Hydrangea, 36.
Hydnum, 95.
Hydrocotyle, 20.
Hydrophyllum, 11.
Hymenæa, 34.
Hyosciamus, 14.
Hypecoum, 10.
Hypericum, 57.
Hypnum, 94.
Hypochœris, 76.
Hypoderma, 95.
Hypoxis, 27.
Hypoxilon, 95.
Hippophæ, 90.
Hyssopus, 59.

I.

Iberis, 65.
Ilex, 10.
Illicium, 57.
Imbricaria, 15 et 95.
Impatiens, 18.
Indigofera, 72.
Inga, 70.
Inula, 79.
Ionidium, 17
Ipomæa, 12.
Iva, 82.
Iris, 5.
Isatis, 65.
Isotoma, 66.
Itea, 12.
Ixia, 4.
Ixora, 9.

J.

Jacaranda, 64.
Jaksonia, 34.
Jacquinia, 15.
Jambolifera, 31.
Jambosa, 42.
Jasione, 66.

Jasminum, 1 et 97.
Jatropha, 88.
Juglans, 85.
Juncus, 29.
Jungermannia, 94.
Juniperus, 93.
Jussieua, 35.
Justitia, 3.

K.

Kalankoe, 32.
Kalmia, 35.
Kaulphusia, 78.
Kennedia, 74.
Kiggelaria, 92.
Kitaibelia, 69.
Kleinhavia, 69.
Kleinia, 77.
Knowtolnia, 58.
Kookia, 35.
Koelreuteria, 31.

L.

Lachenalia, 27.
Lactuca, 75.
Lagerstrœmia, 56.
Lagunea, 70.
Lambertia, 8.
Lamium, 60.
Lampsana, 76.
Lantana, 62.
Lappago, 6.
Larix, 87.
Larochea, 23.
Laserpilium, 21.
Lasiopetalum, 17.
Latania, 92.
Lathyrus 74.
Laurus, 33.
Lavandula, 60.
Lavatera, 69.
Lecanocarpus, 97.
Lechenaultia, 66.

Ledum, 35.
Leea, 15.
Lemna, 83.
Lemoniera, 85.
Leonurus, 60.
Lepidium, 65.
Lepra, 95.
Leptospermum, 41.
Leskea, 94.
Leucas, 60.
Leucoium, 24.
Ligusticum, 21.
Ligustrum, 2.
Lilium, 25.
Limnetis, 6.
Limonia, 35.
Linaria, 62.
Linnæa, 9.
Linum, 23.
Liathis, 77.
Liparia, 71.
Liquidambar, 87.
Liriodendrum, 57.
Lithospermum, 10.
Littœa, 28.
Lobelia, 66.
Lolium, 7.
Lomatia, 8.
Lonicera, 14.
Lopezia, 1.
Lophospermum, 63.
Lotus, 72.
Laurea, 74.
Laureira, 93.
Ludolphia, 6.
Luhea, 55.
Lunaria, 65.
Lupinus, 75.
Luzula, 29.
Lychnis, 38.
Lycium, 15.
Lycoperdon, 95.
Lycorpersicum, 15.

Lycopodium, 94.
Lycopsis, 11.
Lycopus, 3.
Lygeum, 6.
Lysimachia, 12.
Lythrum, 39.

M.

Maclura, 90.
Magnolia, 57.
Mahernia, 66.
Mayanthemum, 27.
Malacodendrum, 70.
Malopa, 69.
Malpighia, 37.
Malus, 44.
Malva, 69.
Malvaviscus, 70.
Mammea, 56.
Mammillaria, 40 et 98.
Mangifera, 97.
Mantisia, 1.
Mœnulea, 62.
Maranta, 1.
Marchantia, 94.
Marica, 5.
Marrubium, 60.
Martynia, 64.
Matricaria, 80.
Maurandia, 63.
Meconopsis, 55.
Medeola, 30.
Medicago, 72.
Melaleuca, 41.
Melampyrum, 62.
Melantium, 98.
Melastoma, 35.
Melia, 35.
Melianthus, 64 et 98.
Melica, 6.
Melilotus, 72.
Melissa, 61.
Melittis, 61.
Melocactus, 40.

Melochia , 66.
Menispermum , 92.
Mentha , 60.
Mentzelia , 56.
Menyanthes , 12.
Menziezia , 32.
Mercurialis , 92.
Merendera , 98.
Merulius , 95.
Mesembryanthemum , 45.
Mespylus , 44.
Messerschmidia , 11.
Michauxia , 31.
Michelia , 58.
Milium , 6.
Mimosa , 71.
Mimulus , 63.
Mirabilis , 12.
Mitchella , 9.
Mitella , 37.
Moenchia , 10.
Moehringia , 32.
Molucella , 61.
Momordica , 86.
Monarda , 3.
Monotropa , 35.
Monsonia , 68.
Morea , 5.
Morchella , 95.
Moringa , 34.
Morus , 84.
Munaga , 35.
Murallia , 71.
Mucor , 95.
Mucuna , 75.
Murucuja , 67.
Musa , 24.
Muscari , 27.
Mutisia , 80.
Myoporum , 62.
Myosotis , 10.
Myosurus , 23.
Myrica , 91.

Myrrhis , 21.
Myrsina , 15.
Myrthus , 42.

N.

Nacibea , 9.
Nandina , 29.
Nicandra , 97.
Napœa , 69.
Narcissus , 24.
Negundo , 31.
Neottia , 83.
Nepeta , 59.
Nerium , 18.
Nesœa , 39.
Nicandra , 15 et 97.
Nicotiana , 14 et 97.
Nigella , 57.
Nalana , 11.
Nostoch , 96.
Nyctanthes , 2.
Nycterium , 15.
Nymphœa , 55 et 99.
Nyssa , 91.

O.

Ochrosia , 18.
Ocymum , 61.
OEdera , 82.
OEnanthe , 21.
OEnothera , 30 et 98.
Olea , 2.
Omphalea , 88.
Onotrichys , 74.
Onoclea , 93.
Ononis , 72.
Onopordon , 76.
Opegraphe , 95.
Ophrys , 83.
Opuntia , 41 et 99.
Orbignea , 22.
Orchis , 82.
Origanum , 61.
Ornithogalum , 26.
Ornithopus , 74.

Ornus , 2.
Orobanche , 64.
Orobus , 74.
Orontium , 29.
Orthotricum , 94.
Onyza , 29.
Osmunda , 93.
Osteospermum , 82.
Ostrya , 87.
Othonna , 82.
Oxalis , 38 et 98.
Oxianthus , 13.
Oxicoccus , 32.

P.

Pochisandra , 84.
Paeonia , 56.
Paliarus , 16.
Panax , 20.
Pancratium , 24.
Pandanus , 89.
Panicum , 6.
Panthorum , 38.
Papaver , 55.
Parietaria , 84.
Parkinsonia , 34.
Parnassia , 23.
Parthenium , 82.
Paspalum , 97.
Passerina , 32.
Passiflora , 66.
Pastinaca , 22.
Patellania , 95.
Patersonia , 5.
Pavia , 30.
Pavonia , 70.
Pedilanthus , 40.
Pelargonium , 67.
Peltigera , 94.
Penstemon , 63.
Pentapetes , 69.
Peperomia , 3.
Pereskia , 41.

Periplaca , 19.
Periptera , 69.
Persica , 42.
Persoonia , 8.
Petagna , 21.
Petunia , 15.
Peucedanum , 21.
Peziza , 96.
Phalangium , 27.
Phalaris , 6.
Phasculus , 74.
Phascum , 94.
Phellandrium , 21.
Philadelphus , 41.
Phillyrea , 2.
Phleum , 6.
Phlomis , 60.
Phlox , 12.
Phœnix , 91.
Phetusa , 81.
Phormium , 27.
Phatinia , 44.
Phylica , 16.
Phyllanthus , 88.
Phyllis , 20.
Phylloma , 28.
Physalis , 15.
Physcia , 95.
Phytemna , 13.
Phytolaca , 39.
Picnanthemum , 61.
Pimelea , 97.
Pimpinella , 22.
Pinkeneïa , 13.
Pinus , 87.
Piper , 3.
Pistacia , 91.
Pisum , 74.
Pitcairnia , 24.
Pittosporum , 17.
Planera , 20.
Plantago , 9.
Platanus , 87.

Spartium, 71.
Spergula, 39.
Sphærulobium, 34.
Sphæria, 95.
Spielmannia, 9.
Spigelia, 19.
Spinacia, 91.
Spiræa, 45.
Spondias, 38.
Stachys, 60.
Stachytarpheta, 61.
Stapelia, 19.
Staphylea, 29.
Stilidium, 99.
Statica, 23.
Stellaria, 37.
Stellingia, 86.
Stenochylus, 62.
Sterculia, 69.
Sternbergia, 25.
Stevia, 77.
Stewartia, 55.
Stipa, 97.
Strelitzia, 18.
Streptocarpus, 64.
Strophanthus, 18.
Sturmia, 6.
Struthiopteris, 93.
Styphelia, 12.
Styrax, 36.
Swietenia, 35.
Sutherlandia, 73.
Symphoricarpos, 14.
Symphitum, 11.
Synningia, 64.
Syringa, 2.

T.

Tabernæmontana, 18.
Talea, 97.
Tagetes, 80.
Talinum, 39.
Tamarindus, 66.
Tamarix, 23.

Tamnus, 91.
Tanacetum, 77.
Taraxacum, 76.
Tarchonanthus, 77.
Taxus, 92.
Tecoma, 64.
Templetoria, 71.
Tephrosia, 73.
Terastrœmia, 56.
Terminalia, 36.
Tetragonia, 45.
Tetragonolobus, 72.
Tetrapteris, 38.
Teucrium, 59.
Thalia, 1.
Thalictrum, 58.
Thea, 56 et 99.
Thlaspi, 65.
Thrinax, 29.
Thuya, 86.
Thumbergia, 64.
Thymus, 61.
Tiarella, 37.
Tigridia, 55.
Tilia, 55.
Tillandsia, 24 et 98.
Tillœa, 10.
Tithonia, 81.
Toddalia, 17.
Tolpis, 76.
Tormentilla, 54.
Turtula, 94.
Turnera, 29 et 97.
Tœsdalia, 65.
Tournefortia, 11.
Trachelium, 13.
Tradescantia, 24.
Tragopogon, 75.
Tremellia, 96.
Trientalis, 30.
Trifolium, 73.
Triglochin, 30.
Trigouella, 100.

Rubus, 54.
Rudbeckia, 81.
Ruellia, 64.
Rumex, 29.
Ruscus, 93.
Ruta, 35.

S.

Sabal, 98.
Saccharum, 7.
Sagelia, 74.
Sagina, 10.
Sagittaria, 85.
Salicornia, 1.
Salisburia, 87.
Salix, 89.
Salpiglossis, 99.
Salsola, 20.
Salvia, 3.
Sambucus, 22.
Sanguinaria, 55.
Sanguisorba, 9.
Sanicula, 21.
Sanseviera, 27.
Santolina, 77.
Sapindus, 33.
Saponaria, 37.
Sarracenia, 55.
Satureia, 59.
Saururus, 30.
Saxifraga, 36.
Scabiosa, 8.
Scandix, 21.
Schelhammera, 28.
Schinus, 92.
Schizandra, 85.
Schizanthus, 63.
Schœnus, 5.
Schotia, 35.
Schubertia, 88.
Scilla, 26.
Scirpus, 6.
Scleranthus, 37.
Sclerotium, 95.

Scolopendrium, 93.
Scolymus, 76.
Scorpiurus, 73.
Scorzonera, 75.
Scrophularia, 63.
Scutellaria, 61.
Scyphophorus, 94.
Secale, 7.
Securinegæ, 91.
Sedum, 38.
Selago, 62.
Selinum, 21.
Sempervivum, 40.
Senebiera, 65.
Senecio, 78.
Septas, 30.
Serissa, 14.
Serratula, 76.
Sesleria, 6.
Setaria, 6.
Sida, 69.
Sideritis, 60.
Sideroxilum, 16.
Silene, 37.
Silphium, 82.
Sinapis, 66.
Siphonanthus, 8.
Sisymbrium, 65.
Sisyrinchium, 5.
Suim, 21.
Sainsonia, 73.
Smolus, 12.
Smylax, 91.
Soja, 75.
Solanum, 15.
Soldanella, 11.
Solidago, 79.
Sonchus, 75.
Sophora, 34.
Sorbus, 44.
Sorghum, 7.
Sparganium, 84.
Sparmannia, 55.

Platichilum, 71.
Platylobium, 71.
Plectranthus, 61.
Plumbago, 12.
Plumiera, 18.
Poa, 6.
Podalynia, 34.
Podocarpus, 88.
Podolepis, 100.
Podophyllum, 55.
Podospermum, 75.
Polemonium, 12.
Polyanthes, 27.
Polygala, 71.
Polygonatum, 27.
Polygonum, 32.
Polymnia, 100.
Polypodium, 93.
Polytrichium, 94.
Pomaderis, 97.
Pontaderia, 24.
Populus, 91.
Portulaca, 39.
Potamogeton, 10.
Potentilla, 54.
Poterium, 85.
Pothos, 9.
Prenanthes, 76.
Prasium, 61.
Primula, 11 et 97.
Prinos, 29.
Prostanthera, 61.
Protea, 7.
Prunella, 99.
Prunus, 42.
Psidia, 78.
Psidium, 42.
Psilotum, 94.
Psoralea, 72.
Psychotria, 97.
Ptelea, 9.
Ptexis, 91.
Pterospermum, 69.

Puccinia, 95.
Pulmonaria, 11.
Pultenooa, 34.
Punica, 42.
Pyrus, 44.

Q.

Quassia, 35.
Quercus, 85
Queria, 7.
Quisqualis, 98.

R.

Radiola, 10.
Rajania, 91.
Ranunculus, 59.
Raphiolepis, 44.
Raphauus, 66.
Renealmia, 7 et 97.
Reseda, 39.
Reticularia, 95.
Rhamnus, 16.
Rhapis, 100.
Relhania, 80.
Rheum, 33.
Rhexia, 30.
Rhinanthus, 62.
Rhipipodendrum, 28.
Rhipsalis, 41.
Rhododendrum, 35.
Rhodiola, 92.
Rhodora, 35.
Rhus, 22.
Ribes, 17.
Richardia, 29.
Ricinus, 86.
Rivina, 10.
Robinia, 73.
Rœmeria, 55.
Rœstelia, 95.
Rosa, 45.
Rosmarinus, 3.
Royena, 98.
Rubia, 8.

Trillium , 98.
Triostemum , 14.
Triplaris , 92.
Tripsacum , 84.
Trisetum , 7.
Tristania , 41.
Triticum , 7.
Tritoma , 28.
Trollius , 59.
Tropeolum , 30.
Tubercularia , 95.
Tulipa , 26.
Tulostoma , 95.
Turnera , 23 et 97.
Turritis , 66.
Tussilago , 80.
Typha , 83.

U.

Ulmus , 20 et 97.
Uniola , 7.
Urania , 24.
Uredo , 95.
Urena , 70.
Urtica , 84.
Usnea , 94.
Utricularia , 3.
Uvularia , 26.

V.

Vaccinium , 36.
Valantia , 8.
Valeriana , 4.
Vangueria , 14.
Vanilla , 83.
Variolaria , 95.
Veltheimia , 28.
Veratrum , 30.
Verbascum , 14.
Verbena , 61.
Verbesina , 81.
Vernonia , 77.

Verrucaria , 95.
Veronica , 2.
Viburnum , 22.
Vicia , 74.
Villarsia , 12.
Vinca , 18.
Viola , 17 et 97.
Virgilia , 34.
Viscum , 90.
Visnea , 40.
Vitex , 62.
Vitis , 17.
Volkameria , 61.
Wachendorfia , 5.
Waldsteinia , 43.
Watsonia , 4.
Westeringia , 62.
Wisteria , 74.
Witsenia , 4.
Woodwardia , 93.

X.

Xanthochymus , 56.
Xanthoxilum , 91.
Xenopoma , 60.
Xeranthemum , 78.
Xiloma , 95.
Xilophilla , 86.
Ximenesia , 81.

Y.

Yucca , 28.

Z.

Zanthorhiza , 23.
Zea , 84.
Zephyranthes , 25 et 98.
Zieria , 9.
Zigophyllum , 35.
Zinnia , 80.
Ziziphus , 16.
Zœgea , 81.

FIN DE LA TABLE.

IMPRIMERIE DE MARCHAND DU BREUIL , RUE DE LA HARPE , N. 90.